D1646012

TOBIASZ W. LIPNY

BAROCCO

st date
demand.

or
k/wild

tobiasz w.
Lipny

barocco

Wszystkie postacie występujące w książce są fikcyjne, a ich podobieństwo do realnych osób jest całkowicie przypadkowe.

Patronat medialny

Gerwazy

Mój przyjaciel Gerwazy wcale nie miał, oczywiście, tak na imię. Jego ksywka ciągnęła się za nim od czasów podstawówki i była, jak to często bywa, rezultatem lektury szkolnej. Przyjaźnił się on mianowicie w klasie z niejakim Protasewiczem, który podczas przerabiania *Pana Tadeusza* w naturalny sposób stał się Protazym; Gerwazy stał się więc Gerwazym na zasadzie swoistej symetrii. Protazy zginął parę lat później w wypadku, którego typ Anglosasi określają jako *freak accident*: znaleziono go martwego przy drodze obok zaparkowanego motocykla. Zginął wskutek uduszenia – w otwarte w czasie jazdy usta wpadła mu pszczoła czy osa, która użądliła go w tchawicę. Zdążył jeszcze zatrzymać motocykl i ustawić go na nóżkach. Gdyby miał wtedy jeden z tych dużych kasków z plastikową przyłbicą... Wolał jednak szpanerski kask typu „spadochroniarskiego", z daszkiem.

Z Gerwazym poszliśmy do tego samego ogólniaka i trzy lata przesiedzieliśmy w jednej ławce. Tak jak ja, uczniem był czwórkowym. Pomagał mi

niekiedy w przedmiotach ścisłych, ja ratowałem go
czasem z języka ojczystego i historii. Jego fascynacja kobietami stała się legendarna. Inne tematy go
w zasadzie nie interesowały. Najwcześniej z nas
wszystkich przeszedł inicjację seksualną, zresztą
z koleżanką z klasy. Była półkrwi Brazylijką i wolę
Bożą poczuła wcześniej niż inne.

Gerwazy pożądał rozpaczliwie naszej chemiczki,
laski młodej i atrakcyjnej; przez trzy lata kombino-
wał, jak się do niej dorwać. Ona to widziała, oczywiście. Kokietowała go trochę, ale nie za mocno
– akurat na tyle, żeby mu nie minęło. Udało mu się
ją dopaść dopiero na balu maturalnym, na którym
alkohol lał się strumieniami – pod stołami, oczywiście. Także pod nauczycielskimi, jak się okazało.
Okazało się też, że chemiczka pod jego wpływem
robi się swawolna. Gerwazy obtańcowywał ją pra-
cowicie, a gdy już dojrzała, zaciągnął ją do jakiejś
pustej klasy i na podłodze zaspokoił swoje chucie.

– Spuściłem się od razu, oczywiście – opowiedział mi później bez skrępowania – ale stał mi dalej,
więc zerżnąłem ją jeszcze raz. Bez gumki.

– A jak zaciążyła? – spytałem.

– To miała nauczkę – powiedział. – Niech na drugi raz tyle nie pije.

Po ogólniaku poszliśmy na studia na różne
uczelnie i straciliśmy kontakt. Spotkałem go, dopiero gdy byłem na czwartym roku studiów; Gerwazy

był na drugim, bo miał po drodze jakieś poślizgi. Ucieszyliśmy się obaj niesłychanie. Musi być coś w tym, co mówią – że najtrwalsze więzy przyjaźni zadzierzguje się w młodym wieku.

Jak się wydaje, czas, w którym krążył po innych orbitach, Gerwazy wykorzystał głównie na pogłębianie dość jednostronnej wiedzy o kobietach. Nie będąc dżentelmenem, opowiadał o nich bez skrępowania i ze szczegółami, niekiedy drastycznymi, ale zawsze ciekawie. Ja byłem w zasadzie monogamiczny i jakkolwiek jego podejście do kobiet było mi obce, sam temat żywo mnie interesował i słuchałem jego opowieści bez przykrości. Drażniłem się z nim niekiedy, wytykając mu kompleks Don Juana i kwestionując tym samym jego męskość. Doprowadzało go to do białej gorączki.

Nie kwestionował jednak u siebie pewnej dozy intuicji, którą stereotyp przypisuje kobietom. W jego przypadku chodziło o instynkt podpowiadający mu bezbłędnie, czy kobieta, którą poznał, czeka na zdobywcę, wiernego rycerza, przebiegłego klerka czy melancholijnego pazia.

Regularnie poznawałem jego kolejne flamy. Zadziwiała mnie ich różnorodność: małe, duże, chude, grube, blondynki, brunetki. „Nie po to Pan Bóg stworzył takie bogactwo, żeby z niego nie korzystać", mawiał Gerwazy. „Każdy typ ma i wady, i zalety. Jak słyszę gościa, który mówi: «nie ma to

jak małe czarne» albo «najlepsze są pulchne blon-
dyneczki», to mnie pusty śmiech ogarnia". Wszystkie te kobiety rozstawały się z nim o dziwo bez
większego żalu i pozostawały z nim na ogół w dob-
rych stosunkach.

Małgosię przedstawiłem mu z niejaką obawą;
okazało się jednak, że jej nie zna. Obserwował ją
bacznie cały wieczór, który spędziliśmy w pubie
„Connemara".

– No, nieźle – powiedział mi później. – Dupę nosi
wysoko, jak brabancka klacz. I ma dużo ciepła. Zu-
pełne przeciwieństwo tamtej... wydmuszki. Ale
w łóżku chyba leniwa?

Nie obraziłem się na niego, bo wiedziałem, że
jest w gruncie rzeczy poczciwy i życzliwy. Po prostu miał taki styl.

– Nie zauważyłem – odpowiedziałem.

Chociaż była.

Małgosia miała jednak wiele zalet. To ona
wyciągnęła mnie z depresji po odejściu owej
„wydmuszki", Olgi. Piłem wtedy chyba za ostro, nie
mogłem sobie poradzić z pustką, jaką po sobie
zostawiła.

Wydmuszka

W Oldze wszystko było doskonałe. Była nie tylko ideałem proporcji i kształtów, posiadaczką niesłychanie regularnych rysów, gładkiej cery i tego
wszystkiego, co przełom dwudziestego i dwudziestego pierwszego wieku uznał za konieczne wy-
znaczniki kobiecej urody, ale także emanowała
chłodnym, eleganckim wdziękiem. Obserwowałem
ją ukradkiem przez lata studiów (była studentką
w sąsiednim Instytucie Historii) i byłem świadkiem
przemiany ładnej dziewczyny w skończoną pięk-
ność. Kiedy była na trzecim roku studiów, przeob-
rażenie z dnia na dzień dopełniło się. Pierwsze
spostrzegły to zawsze czujne i krytyczne dziewczyny z Wydziału. „Znalazła sponsora", orzekła jedna
z moich koleżanek. Istotnie, coś się musiało zmie-
nić w sytuacji materialnej Olgi – zaczęła się znacznie lepiej ubierać.

Dobry gust miała zawsze – wyczuwała nieomyl-
nie, które z przemijających mód kobietę szpecą
i trzymała się od nich z daleka; inne przejmowała,
ale nigdy w postaci nawet zbliżonej do ekstremal-
nej. Nie zdarzało jej się więc to, co bywało udziałem
najlepiej ubranych dziewcząt z Uniwersytetu – na
przykład podeszwy butów trochę za grube, spodnie
odrobinę za szerokie, kolory nieco zbyt krzykliwe.

Wyraźnie wzrosła zatem jakość jej odzieży. Zmieniła też fryzurę i zaczęła stosować inny makijaż: wyglądało na to, że znalazła się w rękach specjalistów. Moje koleżanki utrzymywały, że jest dziewczyną reżysera K., zasłużonego starego satyra, który jak mało kto znał się na kobiecej urodzie. Rok później zaczęto ją widywać z „królem podrobów", biznesmenem Markiem Z. Ów uparł się ponoć, żeby zrobić z niej Miss Polski, „ale był na to za krótki", jak to określiła jedna z koleżanek. Została ostatecznie drugą wicemiss.

Kiedy Olga dostała się na studia doktoranckie, moje koleżanki, kwestionujące jej walory intelektualne, uznały, że „niesie" ją jeden z prorektorów, z którym widziano ją ponoć kilka razy w ośrodku uniwersyteckim w Krasnodworze.

Wszystkie te rewelacje traktowałem z przymrużeniem oka, widząc w tym wyraz typowej babskiej zazdrości.

Nie znalazłbym chyba śmiałości, żeby do niej podejść, gdyby nie zbieg okoliczności, który w pewien grudniowy poranek zetknął nas ze sobą w poczekalni rektoratu. Nigdy przedtem nie oglądałem jej z tak bliska. Była piękna, choć nie w ten naturalny sposób, w jaki piękne potrafią być młode dziewczęta. Jej uroda była wystudiowana. Przyglądałem jej się zachłannie. Właśnie podziwiałem jej długą szyję i doskonałe w kształcie ucho, ozdobione kosztownym kolczykiem, kiedy powiedziała nagle:

– Podobam ci się. – Było to stwierdzenie faktu.

– Bardzo – odpowiedziałem.

Przyglądała mi się dłuższą chwilę z namysłem.

– Masz na imię Karol i robisz doktorat u Bandury.

Zdziwiłem się, że to wie, ale zdziwiłem się jeszcze bardziej, słysząc jej pytanie:

– Masz smoking?

– Tak, a dlaczego? – wyjąkałem.

– Chcę, żebyś poszedł ze mną na Sylwestra – odpowiedziała.

Ahoj, przygodo! Zgodziłem się od razu. Po czym rozstaliśmy się. Dwa dni później zadzwoniła i powiedziała, że umówiła mnie na wizytę u fryzjera. Powściągnąłem odruch buntu i poddałem się temu ubezwłasnowolnieniu, ciekaw, jak to się skończy. Fryzjer okazał się sympatycznym młodym człowiekiem o odmiennej orientacji, który wyprodukował mi na głowie fryzurę, na jaką sam bym w życiu nie wpadł. Olgę zobaczyłem dopiero w samego Sylwestra. Impreza była zapewne najbardziej ekskluzywna (i najdroższa) w mieście. Od początku było jasne, że jestem na niej statystą. W ciągu wieczoru podeszło do mnie kolejno czterech różnych gości, którzy koniecznie chcieli się ze mną zaprzyjaźnić. Mniej więcej po kwadransie rozmowy i kilku drinkach znikali, zaspokoiwszy widać swoją ciekawość i stwierdziwszy, że nie jestem dla nich groźny. Olga grała z nimi w jakąś skomplikowaną grę; do mnie podchodziła co jakiś czas, całowała w policzek (co nie było nieprzyjemne) i oddalała się do kolejnego kręgu.

Pod wpływem alkoholu zbuntowałem się jednak. Jeszcze przed północą odnalazłem ją i powiedziałem, że wyznaczoną rolę spełniłem i że sobie idę.

– Zostań – powiedziała miękko. – Jeżeli zostaniesz, za parę godzin będę twoja.

Zostałem. A ona spełniła obietnicę.

Żegnaj, laleczko

W kochaniu się z Olgą było coś nierealnego. Miała w sobie coś z bohaterki typowego amerykańskiego filmu, w którym sceny miłosne wyprane są z wszelkiej dosłowności. Olga była zawsze gładka, pachnąca i nawet rzucona na łóżko drapowała się samoistnie na poduszce tak, że jej włosy układały się wokół głowy jak na zdjęciach w kolorowych magazynach. Rzecz dziwna: to, co w hollywoodzkim filmie uważałem za kwintesencję kiczu – te wszystkie kobiety mimo miłosnej nocy rano odziane w halki i wychodzące z łóżka w nienagannych fryzurach, zdecydowanie bez podpuchniętych oczu – okazało się istnieć w rzeczywistości.

W wykonaniu Olgi zdarzało się naprawdę, co więcej, w zaślepieniu swoim uważałem to za naturalne. W miłości nie zapominała się nigdy. Może miało to coś wspólnego z pewnym felerem, który odkryłem ze zdumieniem naszej pierwszej wspólnej nocy: ta piękna kobieta nie miała *clitoris*. Kopulacja nie sprawiała jej wielkiej przyjemności, o czym wyraźnie mówiły reakcje jej ciała. Ale robiła to dość chętnie.

Chętnie też dawała się oglądać nago, bawiło ją wyraźnie moje zachwycone spojrzenie. Na moją prośbę czasami paradowała po mieszkaniu odziana jedynie w czarne, ale prześwitujące pończochy i buty na wysokich obcasach. Fascynował mnie u niej kontrast czarnego brzegu pończoch i zarośniętego na czarno *mons Veneris* z niezwykłą u brunetki mlecznobiałą skórą jej ud i brzucha, co przypominało mi niektóre obrazy Mikulskiego; nigdy nie miałem dość tego widoku. Czasami myślałem, że jestem wielkim szczęściarzem, skoro dane mi jest na co dzień obcować z pięknem w tak czystej postaci.

Pozwalała się fotografować, a ja wiedziałem, że nie jestem pierwszym – ani jedynym – facetem, podziwiającym jej chłodną doskonałość przez soczewki obiektywu. Kilkakrotnie podczas tych kilku miesięcy, które spędziliśmy razem, brała udział w jakichś sesjach fotograficznych i było to wtedy jej jedyne źródło dochodu, jeśli nie liczyć głodowego stypendium doktoranckiego.

Wiedziałem, że Olga również dlatego nie traktuje mnie poważnie jako partnera. Podobałem się jej i chętnie się ze mną pokazywała, ale wyraźnie dawała mi do zrozumienia, że to chwilowy kaprys. Nie mogła sobie pozwolić na bycie z facetem na dorobku, opłacanym z budżetu państwa. Świadomość ta raniła moją miłość własną, ale nie mając wyboru, akceptowałem ten układ. Olga utrzymywała kontakty ze środowiskiem facetów jeżdżących kosztownymi samochodami i przeczuwałem, że pewnego dnia któryś z nich podjedzie po nią, a ona wsiądzie do tej jego bryki i odjedzie. Na zawsze. Przeczucie to nadawało naszemu związkowi jakiś tragiczny rys i ze zdumieniem stwierdziłem, że mi to dziwnie odpowiada... Czyżbym miał w sobie coś z masochisty?

Któregoś dnia wróciłem do domu i nie zastałem ani jej, ani jej rzeczy. Niby spodziewałem się tego, ale gdy wreszcie nastąpiło, poczułem się jak uderzony obuchem w głowę. W panice zacząłem szukać jakiegoś listu. Nie znalazłem go. Olga, przez zapomnienie zapewne, zostawiła mi tylko dwa przedmioty. Były to separatory do palców u nóg, używane podczas malowania paznokci lakierem, przypominające nieco w kształcie grzebienie wpinane we włosy. Zrobione były z czegoś w rodzaju sztywnej gąbki i utrzymywały palce w stanie roz-czapierzenia, dopóki nie wysechł lakier na paznok-ciach. Byłem kilkakrotnie świadkiem ich zastosowa-nia i nigdy nie uderzył mnie komizm tego widoku. Dopiero kiedy wiele miesięcy później dotarła do mnie śmieszność i absurdalność tych obiektów i wspomnianego widoku, zrozumiałem, że czar Olgi przestaje działać.

Jak mi powiedziano, związała się z szefem jednej ze sławnych zagranicznych firm audytorskich i wy-jechała z nim z Polski. *Good riddance*, jak mówią Anglicy.

Na ścianach mieszkania zostały zdjęcia Olgi. Były to w większości czarno-białe akty, mocno kon-trastowe, wygrywające perfekcyjne linie jej ciała i tajemnice kryjące się w jego załomach.

Moja następna kobieta, Małgosia, odważyła się je usunąć dopiero gdzieś po dwóch miesiącach mieszkania u mnie.

Małgosia

W odróżnieniu od Olgi Małgosia emanowała ciepłem. Urodę miała pszenno-mazowiecką i natu-ralną nadwagę; było w niej coś, co nasuwało myśl o wielkim łóżku, staromodnej pierzynie i przytuleniu się do jej nagiego, miękkiego ciała, tak by wyspać się raz na zawsze. Znakomicie gotowała i utrzymywała wokół siebie obsesyjny porządek. Uwzięła się, żeby uporządkować moje życie, i powiodło jej się to. Stopniowo wytępiła kolegów, którzy wpadali niekiedy bez zapowiedzi, ale za to z pół litrem, kupowała bilety do kina na filmy, które w tym sezonie trzeba było zaliczyć, podsuwała mi książki, które wypadało przeczytać, zwracała moją uwagę na programy telewizyjne, które należało obejrzeć. Zrobiła ze mnie tyjącego domatora. Jednym słowem, ideał kobiety.

Przychodziła w środku tygodnia i spędzała u mnie także większość weekendów. Zawsze po przyjściu najpierw sprzątała, potem robiła kolację, brała prysznic i, starannie wytarta, oddawała mi się z błogim uśmiechem.

Był to praktyczny układ, który przez długi czas pozostawiał nam obojgu akurat taki margines wolności, żeby związek nie zaczął ciążyć. Z różnych jej napomknień wywnioskowałem jednak, że mnie na tej wolności zależy bardziej niż jej. Z jednej strony czułem się więc stopniowo osaczany, z drugiej zaś perspektywa stałego domowego ciepełka wydawała mi się niekiedy wcale atrakcyjna. „Jebactwo osiadłe", jak to nazywał Gerwazy, miało swoje niewątpliwe zalety. Po chłodnej i wyrafinowanej Oldze, poczciwość Małgosi była jak wyjście z dusznej piwnicy na świeże powietrze.

Stworzyła mi tak idealne warunki do pracy, że doktorat napisałem poniekąd z nudów. Mojego promotora i mistrza, profesora Bandurę, Małgosia kochała jak ojca. On miał do niej ogromną słabość, ale wątpię, czy było to uczucie ojcowskie. Kilka razy przyłapałem go, jak wodził wzrokiem za jej tyłkiem.

– Trafiło się panu jak ślepej kurze ziarno, kolego – powiedział kiedyś. – Ale zawsze trafia do naszych rąk to, co w gruncie rzeczy bardziej potrzebne jest innym.

Czy nie miał aby na myśli siebie?

Do trzymania się Małgosi namawiał mnie gorąco Pułkownik, który jako wieloletni wdowiec, przez wzgląd na mnie i babcię Teodorę skazany na dyskretne przygody podczas wyjazdów na wczasy i do sanatoriów, szczególnie cenił taki właśnie typ „domowej" kobiety. Podczas wizyt w moim rodzinnym domu Małgosia traktowała go zawsze z szacunkiem – nawet kiedy nie był trzeźwy. Bardzo go to ujmowało.

Rodzina, ach rodzina...

Moje stosunki z Pułkownikiem były bardzo złożone. Chociaż nigdy mi tego wyraźnie nie okazał, wiedziałem, że wybierając w pewnym momencie życie z matką, sprawiłem mu zawód. Nigdy nie pogodził się do końca z tym, że przegrał walkę o „rząd" mojej duszy. Ja z kolei nic nie mogłem poradzić na to, że artystyczne zainteresowania matki przeważyły u mnie nad typowo „męskimi" zainteresowaniami, jakie usiłował mi zaszczepić on. Przez wiele lat starałem się zadowolić ich oboje, rysując, malując i czytając z matką, jeżdżąc na poligon, strzelnicę i na ryby z ojcem. Ale kiedyś musiałem opowiedzieć się po stronie jednego z nich.

Moi rodzice stanowili parę dość nieprawdopodobną. Matka była klasyczną „panienką z dobrego domu", konsekwentnie tak wychowywaną w ramach – jak przypuszczam – protestu przeciwko siermiężnej rzeczywistości komunistycznego państwa, w opozycji do schamiałych obyczajów, jako wyraz braku zgody na odejście tamtego, przedwojennego świata. Traktując córkę jak kruchą, cieplarnianą roślinkę, dziadkowie moi ratowali zapewne resztki własnej godności; nie przyszło im jednak do głowy, że nie wyposażają dziecka w mechanizmy obronne na wypadek kontaktu z brutalnym powojennym światem. Być może myśleli, że znajdą dla niej

partnera jak z dawnych czasów, kogoś, kto ją osło-
ni, ochroni, stworzy dla niej kokon, w którym będzie mogła spokojnie żyć, pielęgnując swoje zainteresowania rodem z innej epoki. Zawiedli się srodze.
Nikt taki zapewne już nie istniał, a trafiając na mojego ojca, matka rychło zetknęła się ze światem
zupełnie nieupiększonym, o którym niewiele wiedziała.

Ojciec usiłował wprowadzić ją w krąg oficerskich
żon, ale o czym miała z tymi tlenionymi, hałaśli-
wymi kobietami rozmawiać subtelna wielbicielka
klasycyzmu i dziewiętnastowiecznej powieści francuskiej? To nie była jej sfera. Mój ojciec bolał nad
tym i sprawiał wrażenie coraz bardziej bezradnego.
Kochał ją miłością ślepą i bezwarunkową. Matka
była dla niego uosobieniem tęsknoty za pięknie-
szym życiem, które, dorastając na robotniczym
przedmieściu, mógł sobie tylko wyobrażać. Widziałem, jak oddalają się od siebie coraz bardziej. Ale
to matka w pewnym momencie zaprzestała walki
i oddała się obsesyjnemu pielęgnowaniu swoich za-
miłowań, odgradzając się od nieprzyjaznego świata
barierą piękna zaklętego w sztuce.

Kiedy dawni kumple w smętnych latach osiem-
dziesiątych zrobili z ojca *attaché* wojskowego i wy-
słali za granicę, podążyliśmy za nim oboje z matką.
Pierwsze kilka lat jego dyplomatycznej kariery spędziliśmy razem, co dla mnie było korzystne, bo

uczęszczałem do anglojęzycznych szkół. Kiedy jednak matka stwierdziła, że nie chce już dalej być świadkiem degrengolady ojca, upijającego się coraz chętniej na niezliczonych dyplomatycznych przyjęciach, stanąłem przy niej.

Babcia Dębicka, która nigdy nie mogła zrozumieć fascynacji córki moim ojcem (mimo że obiektywnie rzecz biorąc był w młodości bardzo przystojny), mieszkała dalej z nami; wychowywałem się więc z tymi dwoma kobietami, ojca widując raz na miesiąc, dwa. Kiedy matka nagle odeszła („serce jej pękło", mówiła później babcia Teodora) i ojciec wrócił do kraju, babcia Dębicka została przy nas, „żeby Karolek wyszedł na ludzi", jak mówiła. Znów żyliśmy we trójkę; babcia i ojciec w stanie prowizorycznego zawieszenia broni, które, jak wszelka prowizorka, trwało latami.

Miarą jej zaufania do mojego starego był fakt, że swoje dwie kamienice zapisała mnie, zostawiając mi jednocześnie rulonik złotych carskich monet na opłacenie podatku spadkowego.

Kiedy wybrałem kierunek studiów, ojciec, jak każdy inteligent w pierwszym pokoleniu marzący dla swojego dziecka o karierze prawnika lub lekarza, potraktował to osobiście. Zaczął pić jeszcze bardziej, przy czym niekiedy popadał w stan lekkiego użalania się nad sobą i swoim zmarnowanym życiem.

Kiedy zrozumiał, jak ważny stał się dla mnie profesor Bandura, powziął do niego wielką niechęć.

Mistrz

Bandura był typem profesora wyjątkowego, potwierdzającego swoim istnieniem panującą na naszych uczelniach regułę. W systemie, w którym na uczelni zostają często ludzie przypadkowi, niekoniecznie szczególnie inteligentni, którym do zrobienia doktoratu wystarczy odpowiedni *Sitzfleisch* i protektorat dobrze ustawionego promotora, którzy na tej samej uczelni się habilitują i jako samodzielni pracownicy stają się świętymi krowami, od których nie wymaga się już potem niczego poza kilkoma godzinami wykładów, Bandura, selekcjonujący starannie swoich doktorantów i następnie opiekujący się nimi po ojcowsku, był zjawiskiem wyjątkowym. Relacja „uczeń-mistrz" nie jest na polskich uczelniach powszechna, ponieważ nic i nikt do niej tak naprawdę nie zachęca. Na dokładkę Bandura był naprawdę kompetentny, oczytany i – o zgrozo – mówił nienajgorzej dwoma obcymi językami, zjawisko wśród profesorów historii sztuki niezmiernie rzadkie. Nic dziwnego, że nie był wśród kolegów popularny, zwłaszcza że nie ukrywał o nich przeważnie negatywnego zdania.

Popularności w środowisku nie przysparzał mu fakt, że nie tylko nigdy nie należał do PZPR, ale w stanie wojennym dał się na krótko internować, co dawało mu moralną przewagę nad wszystkimi kolegami-koniunkturalistami. Aktywnym opozycjonistą nigdy nie był, ale zawsze mówił głośno, co myśli; reżimowi naraził się po raz pierwszy artykułem *Wyspiański przewraca się w grobie*, puszczonym do druku przez mało czujną redakcję „Polskich sztuk plastycznych". Chodziło w nim o popularnego pod koniec lat siedemdziesiątych specjalistę od słodkich portretów dzieci o wielkich oczach, wydawanych między innymi na pocztówkach w wielkich nakładach. Gust odbiorców tej sztuki nabrał charakteru oficjalnego w momencie, gdy ogromny kilim według projektu artysty (tym razem słodka dziecina przedstawiona była z kotkiem) władza podarowała papieżowi podczas pierwszej pielgrzymki do kraju ojczystego jako prezent od narodu.

W tym samym czasie Profesor popełnił niewielką książeczkę pod tytułem *Kicz zinstytucjonalizowany. Estetyka państwa komunistycznego*. Wydana w 1981 roku, przyniosła mu znaczną sławę w kręgach opozycyjnych. To z jej powodu jakiś głupek z SB umieścił Profesora na liście proskrypcyjnej; z internatu zwolniono go zresztą po dwóch tygodniach.

Bandura pochodził z jakiejś wsi nieopodal Wisły i do wszystkiego doszedł chłopskim uporem. Często zastanawiałem się, jaką ma skazę, skąd w tym zwalistym chłopskim synu znalazła się niezbędna doza wrażliwości, pozwalająca mu na zainteresowanie się sztuką i uczynienie z niej treści życia? Nigdy nie znalazłem odpowiedzi na to pytanie.

Na mnie zwrócił uwagę dopiero wtedy, kiedy zapisałem się na jego seminarium magisterskie. Temat pracy wybrałem sobie sam. Dotyczyła ona imitacji tak zwanej sztuki wysokiej, dworskiej i pałacowej, w sztuce ludowej. Wiele przykładów takiej imitacji wygrzebałem sam, co zaimponowało Profesorowi.

– Ma pan oko, kolego. I łatwość skojarzeń. Tylko niech pan nie zapomni o pasiakach łowickich.

I mrugnął. Nawiązywał do swojej ulubionej anegdoty, którą opowiedział nam, jego studentom, i którą popisywał się w różnych gremiach. Przypisywał w niej autorstwo pasiaka łowickiego ni mniej, ni więcej, tylko Michałowi Aniołowi. Onże zaprojektował jakoby pasiaki gwardii papieskiej, które tak spodobały się któremuś biskupowi łowickiemu, że ubrał w podobne swoją służbę. Liberia pałacowa została następnie skopiowana przez wiejskie tkaczki z okolic Łowicza – tu zadziałał mechanizm opisywanej przeze mnie w pracy magisterskiej imitacji. Kiedyś spytałem go, ile w tym może być prawdy.

– Niewiele – odpowiedział. – Pasiaki nosiło w renesansie pół Europy. A te kolory to kolory Medicich, po którymś Leonie. Nie ma w nich czerni ani zieleni. Może inspiracja jakaś tam była, ale bardzo pośrednia.

Moja praca magisterska została oceniona na bardzo dobry, ale studiów doktoranckich nie zaproponował mi Bandura od razu. Widziałem, że uważnie słucha moich wypowiedzi na seminarium i często bawił się w adwokata diabła, by sprowokować mnie do polemiki; pochlebiałem więc sobie, że stanowię dla niego intelektualnego partnera. Obroniłem pracę, jednak propozycja nie padła.

O pracę dla historyka sztuki było trudno. Wreszcie przytuliłem się do Muzeum Diecezjalnego na pół etatu jako pracownik umysłowo-fizyczny ogólnego zastosowania.

Bandurę spotkałem znów jakieś pół roku po zakończeniu studiów. Zjawił się w Muzeum z grupą krajowych i zagranicznych kolegów, specjalistów od barokowej sztuki sakralnej, którzy brali udział w zorganizowanym przez Uniwersytet sympozjum. Przywitał mnie wylewnie i poprosił o towarzyszenie grupie podczas zwiedzania, w razie gdyby „nie umiał odpowiedzieć na jakieś pytanie". Była to czysta kokieteria: orientował się w przedmiocie doskonale i sam dowiedziałem się wielu nowych rzeczy o niektórych eksponatach.

Po zwiedzaniu goście jedli kolację w przylegającej do Muzeum sali jadalnej. Muzeum Diecezjalne mieściło się w wydzielonej części starego klasztoru, obecnie w posiadaniu sióstr norbertanek, które wynajmowały stylową salę, położoną między muzeum a klasztorem, na imprezy okolicznościowe, organizowane przez osoby godne najwyższego zaufania. Tego wieczoru profesor Bandura zaufania nadużył. Jak mi potem opowiadał, wszystkiemu winien był profesor Prochazka z Ołomuńca, serdeczny przyjaciel Bandury jeszcze z czasów studenckich, którego wskutek najróżniejszych okoliczności Profesor nie widział ze dwadzieścia lat. Dość powiedzieć, że obaj uczeni skonsumowali moc alkoholu. Ponieważ dyrekcja muzeum poprosiła, bym pełnił honory domu, przypadła mi funkcja odźwiernego, wypuszczającego po kolei gości. Bandura i Prochazka zostali do końca. Dobrze po północy gdzieś mi się zapodzieli. Wreszcie odnalazłem ich w jednej z sal muzeum, pijaniutkich, spierających się o pochodzenie eksponatu znanego jako *Madonna z dzieciątkiem z Moraw*. Wyprowadziłem ich z najwyższym trudem i wsadziłem do samochodu. Bełkotali coś przez całą drogę. Prochazkę zawiozłem do hotelu, Bandurę do domu. Kiedy przyjechaliśmy na miejsce, zaprosił mnie do siebie na drinka. Pić nie zamierzałem, ale skorzystałem z zaproszenia, ponieważ bardzo mnie ciekawiło, jak też Profesor mieszka.

Spodziewałem się starokawalerskiego bałaganu; tymczasem wnętrze zaskoczyło mnie swoistą ascetyczną elegancją. Dyskretnie rozmieszczone ozdoby sugerowały wręcz kobiecą rękę. Totalny chaos panował za to w gabinecie, którego wnętrze, a właściwie jego fragment, objawiło mi się przez niedomknięte drzwi. Było tam mnóstwo książek, dla których nie starczyło widać miejsca na zajmujących całą ścianę półkach: piętrzyły się na podłodze, a spomiędzy ich kartek wystawały liczne zakładki.

Bandura wrócił z kuchni mocno chwiejnym krokiem, przynosząc mi herbatę o dziwnym smaku wędzonych śliwek; sobie nalał whisky z butelki o nieznanej mi etykiecie. Siedzieliśmy, mowa Profesora stawała się coraz bardziej bełkotliwa, a oczy mętniały jak szkło wytrwale opróżnianej szklaneczki. Nagle wstał, nie bez trudu, i konfidencjonalnie wyszeptał:

– Pokażę ci, chłopcze, piękny przedmiot.

Otworzył swoją ogromną skórzaną tekę, z którą nigdy się nie rozstawał, i wydobył z niej piękny szesnastowieczny włoski sztylet, który jeszcze parę godzin wcześniej spoczywał w jednej z gablot muzeum.

Każde muzeum diecezjalne ma w swoich zbiorach przedmioty zgoła nie sakralne, ale będące efektem kolekcjonerskich pasji poszczególnych proboszczów. Zdobyte w jakiś tajemniczy sposób, naturalną koleją rzeczy po ich śmierci trafiają do kościelnych muzeów. W naszym mieliśmy kilka gablot takich obiektów, niepasujących zupełnie do reszty ekspozycji. Sztylet leżał razem z siedemnastowiecznymi kośćmi do gry, pociemniałymi srebrnymi monetami, haftowanymi srebrną i złotą nicią gwiazdami orderowymi (jedyne, co zostało po zetlałych dawno frakach), wykwintną piankową fajką...

– Wiesz, co to, chłopcze, jest? To sztylet Jeana Parisota de la Valette. Zrabował go z Malty Napoleon... Rozpoznałem go... Jest na takim obrazie Verneta... Przewłaszczyłem go... zabrałem klechom... Po co im... W tym ich zasranym muzeum nikt go nigdy nie ogląda...

Po czym osunął się na kanapę i zachrapał.

Wyjąłem z jego ręki sztylet, owinąłem go w znalezioną w kuchni ścierkę do naczyń i zabrałem ze sobą. Następnego dnia pojawiłem się w Muzeum skoro świt i położyłem go na miejsce. Naprawa zamka zabrała mi pół godziny. Kiedy przyszedł personel, po włamaniu nie było widocznych śladów. W każdym razie trzeba by o nich wiedzieć, żeby je znaleźć.

Profesor pojawił się po południu. Był szary na twarzy, ręce mu się trzęsły, cierpiał srodze. Nie patrzył mi w oczy.

– Kolego... – powiedział niepewnie – ja chyba coś stąd wczoraj zabrałem...

– Nic o tym nie wiem, panie profesorze – powiedziałem.

Bandura zakręcił się nerwowo i ruszył w stronę nieszczęsnej gabloty. Oglądał długo jej zawartość i zamek. Wrócił. Tym razem spojrzał mi w oczy.

– To ja już pójdę – powiedział. – Dzięki za wczoraj.

– Do usług, panie profesorze – odpowiedziałem.

Trzy dni później zadzwonił i powiedział, że jest miejsce na studium doktoranckim i że chętnie by mnie tam widział. Tak rozpoczął się proces, który był w gruncie rzeczy powolną adopcją, mimo że w stosunku do mnie Profesor – zwłaszcza w obecności osób trzecich – zawsze przestrzegał wszelkich przyjętych w środowisku form i norm.

Bandura często zabierał mnie na najróżniejsze wyjazdowe imprezy. Lubił tęgo popić i prosił mnie wtedy o wstrzemięźliwość – tak, bym mógł go w odpowiednim momencie odprowadzić do pokoju i położyć spać. Wielokrotnie też prowadziłem jego eleganckiego rovera 75, z właścicielem pochrapującym w poprzek tylnego siedzenia. Piękny ten samochód, wyposażony na bokach w niemodne chromowane listwy, kupiony za honoraria z serii zagranicznych wykładów i publikacji, stanowił obiekt cichej zazdrości uczonych kolegów.

Tak więc do powodów politycznych i naukowych, odpowiedzialnych za niechęć środowiska do

Bandury, dochodził jeszcze motyw materialny. Tym jednak, co budziło wśród niektórych co bardziej próżnych kolegów po fachu uczucie graniczące z nienawiścią, była jego popularność – zarówno w kręgu specjalistów zagranicznych, jak i popularność medialna. Miała ona oczywiście związek z odkryciem przez Profesora w 2001 roku *Madonny z konwalią* Passerotta w kościele w Praszowicach.

Wróbelek

Passerotto nie był może malarzem „pierwszego rzutu" artystów włoskiego *Quattrocento*, nie znalazł się w każdym razie na słynnej liście Giovanniego Santi. Może dlatego, że nigdy nie dochrapał się stanowiska nadwornego malarza żadnego z włoskich książąt owych czasów? Może nie był wtedy powszechnie znany? Być może był za mało płodny? Może umarł młodo? Może, zniechęcony, zmienił zawód? Nie wiadomo o nim literalnie nic. Nawet nazwisko było tylko nadanym mu później pseudonimem, ponieważ na każdym jego obrazie można znaleźć małego wróbla. Mógł to, oczywiście, być jego podpis – ale nie musiał być.

Niekojarzone ze sobą dotychczas anonimowe obrazy z różnych kolekcji połączył na początku

dwudziestego wieku w całość niejaki profesor Gri-
maldi z Mediolanu, który pierwszy zauważył powta-
rzający się na nich motyw architektoniczny. Często
spotykana w ówczesnym malarstwie arkadka na
każdym z płócien wspierała się na identycznej
kolumience o bardzo charakterystycznej głowicy.
Trochę tak jak dekoracja przedwojennego studia
fotograficznego w małej miejscowości. Widać ją na
wszystkich ślubnych zdjęciach w okolicy... Dopiero
później zauważono podobną manierę w oddawaniu
postaci i powtarzające się kolory. No i... wróbelka.

Chociaż Passerotto nie doczekał się monografii
ani wystawy, ze względu na walory artystyczne
swoich nielicznych prac plasował się z całą pew-
nością co najmniej w trzeciej dziesiątce wielkich
malarzy *Quattrocento* i był dobrze znany wśród
specjalistów. Łączył doskonale perspektywę linear-
ną z powietrzną, kolorystykę miał subtelną, jego
postacie miały mnóstwo indywidualnych cech.

Do naszych czasów znanych było pięć jego ob-
razów: jeden w mediolańskiej Ambrosianie, dwa
we florenckiej Uffizi, jeden w muzeum na Sycylii
i jeden w prywatnej kolekcji Aarona Sapphire'a
w Nowym Jorku. Ten ostatni, *San Giorgio*, zy-
skał swego czasu spory medialny rozgłos. Kupiony
został w 1984 za rekordową w owym roku sumę
430 000 funtów na aukcji w Christie's. Sprzedał go
jakiś anonimowy włoski arystokrata. Oczywiście,

od tego czasu jego wartość wzrosła. Bandura miał jego znakomitą reprodukcję. Święty Jerzy przedstawiony był tam na ciężkim koniu, w porównaniu z którym leżący pod jego kopytami smok sprawiał wrażenie mocno zabiedzonego. Również święty był mężczyzną dobrze odżywionym. Ubrany w jedną z tych niezgrabnych włoskich zbroi, z ogromnymi nałokietnikami i nakolannikami, zamiast hełmu miał na głowie kapelusz o rondzie tak szerokim, że strąciłby go z głowy byle wietrzyk. Wyglądał absurdalnie, ale taka była przecież moda piętnastowiecznych Włoch. Nie podobał mi się ten obraz, wolałem pozostałe prace Passerotta.

Dwa z nich przedstawiały motywy mitologiczne, trzeci był portretem damy, a ten wiszący w małym muzeum w Caltagirone na Sycylii, nieznany Grimaldiemu i rozpoznany dopiero w latach sześćdziesiątych, przedstawiał męczeństwo jakiejś pomniejszej świętej. Znaliśmy go najsłabiej; dysponowaliśmy zamazaną kserokopią artykułu o obrazie z kiepską czarno-białą reprodukcją i niewielką broszurką z owego Museo dei Cappuccini, w której dzieło zreprodukowane było w wymiarach 3 × 2 cm, ale za to w kolorach. Muzeum nie odpowiadało na nasze listy z prośbą o lepsze zdjęcie. Oglądając broszurkę pod lupą, Bandura spytał mnie któregoś dnia, czy nie dałoby się obrazeczka powiększyć bez utraty ostrości. Powiedziałem, że popytam kolegów-komputerowców.

Obrazy o tematyce mitologicznej (Uffizi i Ambrosiana) mieliśmy na slajdach. Był tam motyw sądu Parysa i motyw Prometeusza. Zarówno Parys, jak i Prometeusz byli krępymi, muskularnymi facetami i gdyby nie ich czupryny, wyglądaliby wypisz-wymaluj jak dyskotekowi bramkarze. Obaj z Bandurą odnosiliśmy wrażenie, że artysta użył tu jednego modela – kto wie, czy nie siebie samego?

Portret damy w Uffizi był jednym z tych wizerunków, które angażują patrzącego i skłaniają go do wyobrażania sobie postaci. Swoją chłodną wyniosłością przedstawiona z profilu dama przypominała mi jako żywo Olgę. Była chłodną dziwką i nie pozostawiała widzowi co do tego żadnych złudzeń. Drogi naszyjnik z rubinów na jej szyi mówił, że była również dziwką kosztowną. Wróbelek siedział na wyciągniętym palcu wskazującym damy.

Tak wyglądał kanon prac Passerotta do momentu, w którym Bandura ogłosił światu, że w kaplicy niewielkiego wiejskiego kościółka w Polsce wisi obraz, który zmusi autorów wszystkich większych prac o *Quattrocento* do ich rewizji. Niewielkiej, ale zawsze.

Madonna z konwalią

Pamiętam, jak zobaczyłem *Madonnę* po raz pierwszy. Obraz był świeżo po odnowieniu, Bandura odwlekał, jak mógł, moment przekazania go kurii. Bał się, że go utraci. Poszliśmy do pracowni konserwatorskiej. Profesor zadbał o odpowiednie wyeksponowanie tam płótna, można więc je było podziwiać w całej krasie. Było spore – dokładnie 123×87 centymetrów. Obraz dzieliła na dwie części owa słynna arkada, która umożliwiła Bandurze wstępną identyfikację autora. Stojąca postać dziewicy umieszczona była z prawej strony, przestrzeń z lewej była pusta. Jednak gest prawej ręki kobiety, nachylenie jej okolonej złotą aureolą głowy i skierowany w prawo wzrok wyraźnie sugerowały, że miała tam być jakaś postać. Włosy świętej były miedziane, a szata jasnozielona w drobne kwiatki. W lewej, podniesionej na wysokość piersi, ręce trzymała konwalię, która dała obrazowi utrwalony przez media popularny tytuł. Wróbelek przycupnął na metalowym pręcie ściągającym łuki arkady.

Staliśmy z Bandurą, kontemplując obraz.

– Annunciata? – spytałem. – Nie zdążył namalować anioła?

Artykuł Profesora o *Madonnie* jeszcze się wtedy nie ukazał, nie wiedziałem więc, do jakich doszedł wniosków.

– A może tam miał być fundator? Z którym artysta się pożarł? Albo który nagle umarł?

– Bardzo dobrze, kolego. Bardzo dobrze – powiedział Bandura. – Nie można, oczywiście, tego wszystkiego wykluczyć. Ale ja myślę, że ten obraz jest skończony. Że tę drugą postać widzi tylko ona. Że to jednak jest *Zwiastowanie*, aczkolwiek nietypowe.

Opowieść Profesora o odkryciu *Madonny* słyszałem kilkakrotnie. W Praszowicach Bandura znalazł się jakoby przypadkiem. Ponieważ nie rozstawał się z PAN-owskim *Katalogiem Zabytków* i zabierał stosowny tomik we wszystkie podróże, postanowił przyjrzeć się osobiście wiszącej w tak zwanej kaplicy Kościejów „kopii obrazu Madonny szkoły włoskiej z XV wieku", jak to określono w *Katalogu*. „Był tak brudny, że nie widać było żadnych szczegółów", opowiadał później, „udało mi się uprosić księdza o pozwolenie wyniesienia go na światło dzienne".

Profesora uderzył, jak wszystkich, pewien brak symetrii w obrazie. Twierdził, że płótno już wtedy zaintrygowało go precyzją wykonania, niezwykłą u znajdowanych w Polsce kopii. Zauważył, oczywiście, motyw architektoniczny, ale nie skojarzył go wtedy z niczym sobie znanym. Powiedział księdzu, że znajdzie kogoś, kto oczyści *Madonnę* za niewielką opłatą, i wziął na siebie załatwienie sprawy z kurią biskupią. „Pomyślałem o publikacji na temat obrazu. Któryś z moich doktorantów mógłby się tym zająć", mówił później.

Dopiero telefoniczna rozmowa z konserwatorem, do którego obraz trafił kilka miesięcy później, spowodowała, że zainteresował się płótnem na poważnie. „Jeżeli to jest kopia, to, po pierwsze, chyba z epoki, po drugie – cholernie dobra", miał powiedzieć konserwator. Obraz był już częściowo oczyszczony i spod wielu warstw brudu i kopciu zaczęły się wyłaniać żywe kolory i niezwykłe szczegóły. Od tego momentu Bandura bywał w pracowni prawie codziennie, jednocześnie szperając po katalogach światowych wystaw i zbiorów.

Że to Passerotto, wiedział już w dwa tygodnie po rozmowie z konserwatorem. Że oryginał, upewnił się po wizytach w Uffizi i Ambrosianie, gdzie poddał dokładnym oględzinom wiszące tam dzieła mistrza. Media zawiadomił jeszcze przed prześwietleniem obrazu, analizą materiałów i podobnymi rutynowymi badaniami. Po prostu nie miał wątpliwości. „Zrobiłem to po to, żeby kuria nie wpadła na pomysł powieszenia go z powrotem tam, gdzie był", opowiadał później.

Płótno pokazano w „Wiadomościach" TV, a Bandura stał się z dnia na dzień telewizyjną sławą. Odnowiony obraz trafił do katedralnego skarbca i zaczęto się zastanawiać, co zrobić dalej. Bandura optował za umieszczeniem go w Muzeum Narodowym, kuria nie chciała się na to zgodzić. Proponowała Muzeum Diecezjalne, ale według generalnego konserwatora zabytków nie spełniało ono warunków bezpieczeństwa. Przepychanki trwały parę miesięcy. I wtedy władze kościelne podjęły absurdalną decyzję o powrocie *Madonny* do Praszowic. Dla Bandury było to spełnienie się najczarniejszego scenariusza. Wstrząśnięty, poprosił o audiencję u biskupa. Wrócił wściekły.

– To już przekracza wszelkie granice! – krzyczał.– Za komuny by się na to nie odważyli!

Bandura był ewangelikiem, ale bez zwykłej u nich tolerancji. Kościoła katolickiego nie lubił i dawał temu niejednokrotnie wyraz. Wiedział, że jako syn PRL-owskiego oficera z wiarą jestem mocno na bakier i dlatego przy mnie pozwalał sobie szczególnie.

– U was cała para idzie w gwizdek – mówił. – Czy ktoś tu w ogóle próbuje rozmawiać z Bogiem?

Obrządek katolicki go śmieszył.

– Szamaństwo – mówił. – Na przykład to okadzanie ołtarza. Widziałem to samo w Afryce. Bynajmniej nie u księży misjonarzy.

Kiedy zwróciłem mu kiedyś uwagę na to, że Kościołowi katolickiemu zawdzięczamy lwią część architektury i sztuki europejskiej, rozzłościł się nie na żarty.

– To nie ma nic do rzeczy! – krzyknął.

Tymczasem obrazem zainteresowano się za granicą. W sierpniu 2002 roku Bandura wygłosił we Florencji wykład pod tytułem *The Sixth Passerotto* i do kurii zaczęli się zgłaszać zagraniczni eksperci chętni do oględzin płótna. Sam Bandura otrzymał zaproszenie od Sapphire'a do Nowego Jorku, wraz z otwartym biletem w obie strony. Powodowany nagłym impulsem zabrał ze sobą litr śliwowicy.

Dziadeczek Sapphire powitał go najczystszą polszczyzną rodem z pewnych dzielnic przedwojennego miasta Łodzi. Jeszcze tego samego wieczora, przepijając do świętego Jerzego na obrazie Passerotta i cytując z pamięci Skamandrytów, urżnęli się koszerną śliwowicą i zostali przyjaciółmi. Tak więc, gdy kuria podjęła nieodwołalną i całkowicie niewytłumaczalną decyzję o powrocie *Madonny* do Praszowic, zrozpaczony Bandura skontaktował się z Sapphire'em. Ten, przez wzgląd na przyjaciela, zgodził się sfinansować najnowocześniejszy system alarmowy dla kościoła w Praszowicach. Prace wykonała wynajęta belgijska firma. Drzwi do kościoła i krata do kaplicy Kościejów były teraz stale zamykane na szyfrowy zamek połączony z systemem alarmowym, okna wyposażono w pancerne szyby i fotokomórki, a kościół obwieszono czujnikami ruchu. Bandura był nadal niepocieszony, ale przynajmniej spokojny. Odwiedzał *Madonnę* raz w miesiącu, czasem częściej. Na tyle często, żeby stary, schorowany, często przykuty do łóżka proboszcz zdradził mu kod wyłączający alarm i kod otwierający kratę kaplicy. Ponieważ z polecenia Bandury woziłem do *Madonny* studentów, dziennikarzy i zagranicznych gości, kody te poznałem i ja.

Ruda Wenus

Do „Parowozowni" nie trafiłbym, gdyby któregoś dnia na początku marca Bandura nie zlecił mi zbadania, w jaki sposób *Madonna* znalazła się w Praszowicach. Nie bardzo umiałem się do tego zabrać. Pomyślałem więc o Grubym, doktorze z Instytutu Historii, który powszechnie uchodził za dobrego genealoga. Łaził on kiedyś jak piesek za Olgą, wówczas doktorantką na historii. Ponieważ dostała się ona – na moje nieszczęście – mnie, Gruby nie darzył mnie przesadną miłością. Łączyły nas jednak interesy: w naukach pomocniczych historii, które uprawiał, miał często do czynienia z ikonografią i nie zawsze sobie dawał radę na przykład z analizą kostiumologiczną. Prosił wtedy o pomoc, a ja mu ją świadczyłem. Sam też korzystałem niekiedy z jego wiedzy historycznej. W ten sposób obaj oszczędzaliśmy sobie nawzajem żmudnego szperania w bibliotekach. Miał jedną wadę: był niesłowny. Zadzwoniłem do niego. Wyjaśniłem mu, że chodzi o kościół w Praszowicach i ród Kościejów. Zaproponował spotkanie w piwnicy knajpy, o której istnieniu dotychczas nie słyszałem: nazywała się „Parowozownia" i leżała na uboczu uczęszczanych miejskich szlaków.

Coś się we mnie wzdragało przed wejściem do tego ciemnego lokalu. Wnętrze „Parowozowni" pełne było tajemniczych urządzeń lśniących mosiężnymi elementami i metalowych tablic z uchwytem z obu stron, niegdyś przyczepianych do wagonów i pokazujących dawno nieistniejące połączenia kolejowe. Mrok rozjaśniały lampy emitujące fiołkowe światło, które widuje się nocą na torowiskach. Pod ścianami stały metalowe rusztowania ze zwisającymi smętnie semaforami. Tu i ówdzie ze ściany wystawało ociekające oliwą czarne żelastwo: upicie się w tym lokalu było ryzykowne, ponieważ mogło się zakończyć brutalnym kontaktem z tym elementem wystroju.

„Parowozownia" zaludniona była przez blade stworzenia o fizjonomiach sugerujących późne wstawanie i nocne życie w oparach najróżniejszych używek. Mężczyźni mieli na ogół za długie i zbyt długo niemyte włosy, przysadziste kobiety preferowały „gotycki" makijaż.

Ze względu na wczesną porę w pomieszczeniu było mnóstwo wolnych stolików. Siadłem tak, aby mieć na oku całą salę, i przygotowałem się na dłuższe czekanie.

Burza rudych włosów przyciągnęła mój wzrok, kiedy tylko dziewczyna pojawiła się w drzwiach piwnicy. Miała na sobie podbitą barankiem kurtkę i dżinsy. Do tego miejsca i tej klienteli jej delikatna uroda nie pasowała zupełnie. Spojrzała na mnie przelotnie i siadła przy stoliku nieopodal, a ja poczułem, że ogarnia mnie fala gorąca.

Do niektórych rudych kobiet czułem zawsze nieokreślony pociąg – chyba ze względu na tę ich niezwykłą półprzezroczystą skórę, z którą światło robiło niesamowite rzeczy. Nie przeszkadzały mi ich piegi – uważałem nawet, że dodają im uroku. Nie pociągały mnie tylko te mocno czerwonowłose, których skóra miała intensywnie różowy odcień, a piegi – duże i wyraźne. O rudych Gerwazy mawiał, że naprawdę interesujące są tylko te szczupłe, bo te pulchne nie dość, że wyglądają „jak rozgotowane", to jeszcze bywają kłótliwe i porywcze.

Ta była bardzo szczupła, Gerwazy określiłby ją zapewne jako „chudą drugiego stopnia" w swojej skali od jeden do pięciu, w której pięć oznaczało skrajną anoreksję. Miała delikatną twarz, stosownie małe piersi. Była wysoka, blisko metr osiemdziesiąt, ale swojego wzrostu nie ukrywała: zamszowe kozaki, które wystawały spod dżinsów, miały dość spory szpilkowaty obcas. Otworzyła książkę i zaczęła czytać, co, zważywszy na słabe światło umieszczonej na stoliku lampki, nie było chyba łatwe. Kiedy uniosła książkę, by zrobić miejsce dla przyniesionej właśnie kawy, udało mi się podejrzeć tytuł i autora: *The Philosophy of Martyrdom*, Stephen Fuskin. Dłonie miała wąskie i długie. „Ich dotyk musi przekraczać wszystko wyobrażalne" – przypomniał mi się cytat z zapomnianego pisarza.

Od czasu do czasu nieznajoma spoglądała na mały i zupełnie niemodny prostokątny zegarek – widocznie też na kogoś czekała.

Powoli stało się jasne, że oboje czekamy na próżno. Nie byłem specjalnie zaskoczony tym, że Gruby nawalił: wiedziałem, że nie wysila się nadmiernie, żeby spełniać moje prośby. Wreszcie dziewczyna sięgnęła po niewielki plecak i włożyła do niego książkę. Wstała i spojrzała na mnie. Pod wpływem tego spojrzenia, powodowany nagłym impulsem, wstałem również. Na tych swoich obcasach była prawie tak wysoka jak ja.

– Chyba już nie przyjdą – powiedziałem.

Wtedy spojrzała mi w oczy. Jej były błękitne i wielkie; odniosłem dziwne wrażenie, że patrzy w punkt umieszczony jakieś pół metra z tyłu za moja głową. Znów zrobiło mi się gorąco.

– Chyba nie – powiedziała powoli. Głos miała zadziwiająco niski.

– Czy mogę... czy mogę zobaczyć panią w dziennym świetle? – powiedziałem.

Gerwazy – który kilka lat grał w siatkówkę w jakiejś trzecioligowej drużynie i niekiedy posługiwał się siatkarską metaforyką – mawiał, że najważniejsza jest zagrywka. „Nie musi być mocna. Ale musi sprawić przyjmującemu kłopot. I lepiej niech będzie za wysoka, niż za niska".

Ta widocznie była w sam raz, bo nieznajoma spojrzała na mnie uważniej. Wyraźnie widziałem, jak zmienia się ogniskowa; po chwili spojrzała mi w oczy.

– Dobrze.

Tyle tylko. Zero zaskoczenia. Puściłem ją przodem. Kiedy wchodziła po stromych schodach, przyjrzałem się jej odzianej w obcisły denim pupie. Miłym zaskoczeniem było to, że nieznajoma miała bardzo kobiecy kształt, z wyraźnie zaznaczoną kibicią. Odwróciła się.

– Prawda, że kobieca?

Osłupiałem. Później wielokrotnie dawała dowody, że potrafi czytać w moich myślach.

Zapłaciłem kelnerowi, który od stałej klienteli „Parowozowni" odróżniał się nie fenotypem, tylko długim fartuchem, i wyszliśmy. Stanęła przede mną i spojrzała mi spokojnie w oczy.

– Proszę.

Patrzyłem na nią zmieszany. Była onieśmielająco ładna. I chyba już ją gdzieś widziałem. Gorączkowo zastanawiałem się, co mam robić dalej. „Pierwszego ataku spodziewają się ze skrzydła. Nie wiem czemu, ale tak jest. Dlatego idź środkiem i próbuj uderzyć ponad blokiem – będzie spóźniony".

– Czy mogę pani zrobić zdjęcie, teraz, zaraz?

Otworzyła usta, ale po chwili zrezygnowała z powiedzenia czegokolwiek. Skinęła powoli głową. Gerwazy miał rację. Blok był istotnie spóźniony.

Wyciągnąłem szybko małego płaskiego Canona, którego zawsze nosiłem w górnej kieszeni kurtki, i pstryknąłem z bliska. Rozdzielczość miał niską i nie najlepszą optykę, ale nie był przeznaczony do artystycznych zdjęć, tylko doraźnej dokumentacji – zwłaszcza architektury. W ten sposób często zdobywałem wizualny materiał na zajęcia.

– I niech to panu wystarczy – powiedziała.

Odwróciła się i oddaliła, stukając obcasami kozaków. Szła dość zamaszystym krokiem i było oczywiste, że więcej nie udałoby się uzyskać.

„Jak grasz przeciw komuś dobremu, strata punktu na początku jest nieunikniona, a nawet potrzebna. To ustawia grę na pewnym poziomie", mawiał Gerwazy.

Zdjęcie nieznajomej przerzuciłem do komputera zaraz po przyjściu do domu. Pospiesznie pstryknięte, dalekie było od poprawności. Włosy rudej wypełniały cały kadr. Drobna twarz była właściwie w cieniu, w jej wzroku było coś... pytającego i bezbrzeżnie smutnego, czego nie zauważyłem wtedy, na żywo. Wiedziałem, że tej dziewczyny już nie zapomnę.

Patrząc na nią, znów odniosłem nieodparte wrażenie, że gdzieś tę twarz już widziałem.

Oczarowanie

Ruda dziewczyna nie dawała mi spokoju. Plik JPG z jej zdjęciem spoczywał na pulpicie komputera, od czasu do czasu klikałem na niego, żeby na nią popatrzeć. Dalej nie mogłem sobie przypomnieć, gdzie tę dziewczynę widziałem. Któregoś dnia plikiem zainteresowała się Małgosia. Otworzyła go.

– Kim jest ta... ruda suczka? – spytała.

Użyła tego właśnie słowa, ponieważ nieomylnym kobiecym węchem wyczuła zagrożenie. I słusznie. Ruda nieznajoma zainfekowała mnie swoim wirusem, który krążył mi w organizmie, dając o sobie znać w najmniej oczekiwanych momentach.

Przejście od fazy kontemplacji konterfektu do fazy poszukiwań było kwestią czasu. Danych miałem mało: właściwie tylko książkę, która zdawała się wskazywać na studia kulturoznawcze, religioznawcze, filozoficzne, teologiczne... Historię wyeliminowałem od razu, bo to był mój wydział: zauważyłbym ją u nas już dawno temu. Jej wiek wskazywał na ostatnie lata studiów, albo może studia doktoranckie. Wybrałem się zatem na Wydział Nauk Społecznych. Pokrążyłem tam po korytarzach, posiedziałem na ławce przed wejściem, wypiłem kawę w barku. Bez rezultatu. Tydzień później wybrałem się tam znowu. I znowu. Starałem się, żeby były to różne dni tygodnia i różne pory dnia.

Znalazłem ją dopiero podczas szóstej wizyty. Siedziałem na ławce na dziedzińcu, był co prawda maj, ale przyszły chłodne dni i marzły mi ręce. Nadeszła w towarzystwie niewysokiej, pucołowatej, ubranej na czarno dziewczyny. Stanowiły parę bardzo ze sobą kontrastującą: wysoka (znowu miała buty na obcasach), szczupła, idąca długimi krokami ruda i ten drobiący obok niej czarny pęcełek.

Zerwałem się z ławki i zagrodziłem im drogę. Nagle zdałem sobie sprawę, że zupełnie nie wiem, jak mam to rozegrać. Wyobrażając sobie kolejne spotkanie z nią tyle razy, nie przygotowałem żadnego sensownego otwarcia.

– Tamto zdjęcie... Tamto zdjęcie... nie wyszło.
Czy mogę... Czy mogę je powtórzyć?

Nic sensowniejszego nie przyszło mi do głowy.
Co za idiota, pomyślałem. Powie „nie" i będzie po
herbacie.

Poznała mnie chyba od razu. Spojrzała z namysłem. Była jeszcze ładniejsza niż poprzednio.

– Spotkajmy się w... „Parowozowni". Dziś o ósmej.

I tak zmarnowaliśmy już dużo czasu.

Wracałem do domu jak na skrzydłach. Poszło
tak łatwo! To, że nieznajoma sama zaproponowała
spotkanie, stanowiło dobry prognostyk. Tylko co
ona miała na myśli, mówiąc o marnowaniu czasu?

W domu czekała Małgosia, która właśnie wróciła
z podróży do rodziców. Nadstawiła mi policzek,
nadając cały czas na temat jakichś szkolnych koleżanek. Pocałowałem ja machinalnie i nagle zdałem
sobie wyraziście sprawę, że czas Małgosi nieodwołalnie minął.

Bibiana

Przyszła do „Parowozowni" dokładnie o ósmej.
Ja byłem tam już od kwadransa, siedziałem przy tym
stoliku, przy którym zobaczyłem ją po raz pierwszy.
Kiedy weszła, ręce zaczęły mi lekko drżeć. Tym razem miała na sobie skórzaną kurtkę, czarny golf

i długą ciemną spódnicę w drobne kwiatki. I kozaki na obcasach. Podeszła do mnie i wyciągnęła dłoń o długich palcach

– Bibiana ...cka.

Połączenie dziwnego imienia i dość pospolitego nazwiska tworzyło niepokojący kontrast.

– Chyba Bibianna? – powiedziałem odruchowo i kompletnie bez sensu.

– Poprawnie jest Bibiana. Ale Bibianny też są – odpowiedziała spokojnie.

– Karol – wybąkałem i przypomniałem sobie o bukieciku konwalii, które kupiłem po drodze na rynku. Podałem jej.

– Moje ulubione kwiaty – powiedziała.

Wreszcie mogłem jej się dokładnie przyjrzeć. Była bardzo, bardzo ładna. W telewizji MTV kariery by nie zrobiła, ale na przełomie dziewiętnastego i dwudziestego wieku byłaby najbardziej przez malarzy rozchwytywaną modelką w Europie. W każdym razie Klimt na pewno nie przeszedłby koło niej obojętnie. Patrzyła na mnie spokojnie, poddając się tym oględzinom.

– Zdałam? – spytała. Zmieszałem się.

– Pani jest... jesteś... bardzo piękna – wybełkotałem.

Przyjęła to, jakby to już słyszała.

– Mężczyźni rzadko mówią coś takiego. Chyba, że są artystami... Czy jesteś artystą?

Wziąłem się w garść.

– Jeżeli tak, to niespełnionym. Jestem historykiem sztuki. U profesora Bandury – może o nim
słyszałaś?

– To ten od *Madonny z konwalią*? Bardzo chcia-
łabym ją kiedyś zobaczyć.

Ucieszyłem się jak wariat.

– Nic prostszego! Zawiozę cię do niej. Tylko
powiedz, kiedy.

Wracałem do domu odurzony. Był maj, a ja byłem zakochany. Czy mogło być coś piękniejszego?

Praszowice

Pojechaliśmy do Praszowic trzy dni później.
W sobotę, kiedy Małgosia odwiedzała rodziców, byłem więc wolnym człowiekiem. Mimo wiosny od
kilku dni znów było chłodno i Bibiana przyszła
w eleganckim futrze z rudych lisów i kozakach.
O dziwo, rude futro i te rude włosy harmonizowały
ze sobą doskonale. Nie harmonizowały natomiast
z moim starym peugeotem, który nie nawalił po
drodze wyłącznie dzięki moim bezgłośnym modlit-
wom.

W Praszowicach, przy kościele, położyła mi na
moment głowę na ramieniu. Jakie to proste, pomyś-

lałem, oszołomiony. Zrozumiałem, że mogę ją mieć, tę kobietę jak ze snu...

Długo stała przed obrazem w kaplicy Kościejów.

– Czy ona tam kogoś widzi? – spytała.

Zaskoczyła mnie. Niemożliwe, żeby znała teorię Bandury. Ale właśnie ją instynktownie potwierdziła.

W pewnym momencie zainteresowała się drzwiami w podłodze.

– Co tam jest?

– Krypta grobowa – odpowiedziałem.

– Mogę ją zobaczyć?

Podniosłem ciężką klapę i zeszliśmy do krypty. Szczątków zmarłych Zaklików i Kościejów już w niej dawno nie było; zamieniły się w proch i dołączyły do ossarium pod głównym ołtarzem. W krypcie stał teraz piękny, empirowy sarkofag hrabiny Baranieckiej i prosta w kształcie trumna, obciągnięta spłowiałym aksamitem, niegdyś zapewne wiśniowym. Mosiężne rozetki, którymi materiał przytwierdzono do desek, w większości poczerniały.

– Czy tam... ktoś jest?

– Tak. Truchło generała Ossolińskiego – odpowiedziałem.

– Czy mogę... go zobaczyć? – spytała.

– Jesteś pewna? To nie jest piękny widok.

– Tak, jestem pewna.

Zsunąłem wieko trumny. Kiedy zrobił to swego czasu ksiądz proboszcz, który oprowadzał mnie i Bandurę po kościele, nie powstrzymał się oczywiście od powiedzenia *memento mori*.

Dzięki mikroklimatowi panującemu w krypcie kościoła, ubiór generała zachował się całkiem nieźle. Na wypolerowanych ponad dwieście lat temu botfortach było wciąż trochę blasku, mundur nie zgnił ani nie zapleśniał, łosiowe bryczesy były dalej jasne, frak granatowy. Tylko srebrne szamerunki całkowicie zmatowiały. Ubranie nie zapadło się, jakby było pod nim coś więcej niż tylko szkielet. Obciągnięta zeschłą skórą czaszka generała spoczywała na aksamitnej poduszce koloru starego złota. Do czaszki przylegały siwe loki; budzącymi grozę elementami były właściwie tylko zapadnięte oczodoły i wyszczerzone zęby zmarłego. U jego boku czegoś wyraźnie brakowało: Ossoliński pozbawiony był szpady, która stanowiła widać zbyt wielką pokusę kiedyś dla kogoś.

Bibiana stała nad trumną i patrzyła chciwie. Miała dziwny wzrok. Kiedy chciałem zamknąć wieko, powstrzymała mnie gestem ręki.

– Jeszcze chwilę.

Przed wyjściem rzuciła na szeroką pierś generała konwalię, którą zerwała wcześniej z klombu przed kościołem. Musiałem być bardzo już w niej zadurzony, bo czujnik kiczu, który w tym momencie powinien dać jakiś znak, milczał.

– A tu kto leży? – spytała, pokazując na alabastrowy sarkofag z monogramem „TB" zwieńczonym koroną.

– Hrabina Tekla Baraniecka, córka generała – powiedziałem.

Wenus w futrze

Zostaliśmy kochankami jeszcze tego samego dnia. Po prostu, kiedy dojeżdżaliśmy do miasta, kazała mi zajechać do leżącego przy trasie motelu i zamówić pokój. Z samochodu wyszła, dopiero kiedy pojawiłem się z kluczem. Szybko przemknęła przez hol, zasłaniając twarz kołnierzem futra.

Nigdy nie zapomnę chwili, w której zobaczyłem ją po raz pierwszy nagą. Kiedy wyszedłem spod prysznica, stała szczelnie opatulona w to swoje futro, pod którym nie miała już nic. Zsunęła je z siebie, odsłaniając drobne piersi o bladych brodawkach, łagodnie wystające biodra, płaski brzuch i wypukły, wygolony na gładko wzgórek łonowy. Serce zatrzymało mi się na moment i nagle zaschło mi w gardle. Była niesamowicie piękna.

Posprzeczałem się kiedyś z Gerwazym na temat golenia cipek przez kobiety.

– To dla pedofilów – powiedziałem wtedy. – Kobieta jest tam zarośnięta i tak ma być. Mężczyźni, którzy każą się kobietom tam golić, mają skłonność do małych dziewczynek.

– Gówno wiesz – odpowiedział Gerwazy. – To jest po prostu inna estetyka. Inna jakość. Inaczej na taką babę reagujesz. O co innego wtedy chodzi. Fakt, że nie do wszystkich kobiet to pasuje. Ale są takie, u których futro wręcz przeszkadza. To tak... jakby ktoś... pomalował greckie rzeźby.

Zaimponował mi. Jak na inżyniera od kanalizacji, wyraził to wcale subtelnie. Nie powiedziałem mu wtedy, że greckie rzeźby najprawdopodobniej b y ł y pierwotnie malowane. Teraz, patrząc na gładziutkie podbrzusze Bibiany, zrozumiałem, co chciał wyrazić. W doskonałości, która przedstawiła się moim oczom, rudy krzaczek stanowiłby oczywisty dysonans.

Sparaliżował mnie strach, że, jak się to eufemistycznie określa, „nie stanę na wysokości zadania”. Wyczuła to i w okamgnieniu z Madonny przedzierzgnęła się w dziwkę. Dotyk jej rąk rzeczywiście przekraczał wszystko wyobrażalne... Sprawnie przywróciła rzeczom ich właściwe proporcje. Kiedy wahałem się potem, czy naprawdę mogę wbić mój sztywny kołek w jej kruchą istotę, wyszeptała mi do ucha kilka słów, które nie tylko natychmiast rozwiały moje wątpliwości, ale także spowodowały, że wziąłem ją brutalnie, dokładnie tak, jak tego akurat wtedy chciała. Byłem instrumentem, a ona zagrała na nim z biegłością wirtuoza.

– Nigdy mnie już nie szukaj – powiedziała tej nocy. – Możesz zadzwonić albo wysłać SMS-a. Ale nie szukaj mnie. Już nigdy. Ja przyjdę.

Gorączka

Następne dni upłynęły mi jak w gorączce. Pomny nauk mojego przyjaciela, nie chciałem do niej dzwonić już następnego dnia. „Trzeba dać im czas", mawiał Gerwazy. „Niech się zaniepokoją. Niech pomyślą, że nie trzymają cię tak mocno, jak im się wydawało". Męczyłem się straszliwie.

Spotkałem się wreszcie z Grubym i spytałem go o Praszowice, rody Zaklików i Kościejów. Zadzwonił, o dziwo, następnego dnia i podał mi tytuły prac, od których powinienem zacząć. Siedziałem godzinami w czytelni Przyjaciół Nauk, sprawdzałem nazwy i nazwiska w indeksach i myślałem o Bibianie. Dociekanie, w jakich okolicznościach *Madonna* mogła zostać przywleczona do Polski, byłoby fascynujące, gdyby nie to, że moje myśli zaprzątał obraz nagiej rudej kobiety wyłaniającej się z rudego futra. Nie bardzo mogłem uwierzyć, że to wszystko, co pamiętałem, zdarzyło się naprawdę.

Pod byle pretekstem odwołałem środowe spotkanie z Małgosią. Obraziła się, oczywiście. Ale tylko trochę.

– W piątek jestem zajęta – powiedziała, podkreślając swoją niezależność. – Idę do kina. Jak będziesz chciał iść ze mną, zadzwoń – dodała, całkowicie niwecząc efekt poprzedniego zdania.

Nie chciałem. Marzyłem o spotkaniu z Bibianą. W czwartek rano zadzwoniłem do niej.

– Dlaczego dzwonisz dopiero teraz? – spytała.

– Bardzo cię pragnę.

Zbaraniałem. Wcale nie musiałem tej kobiety dalej zdobywać. Była już zdobyta i uległa. Prosiła, żebym ją zabrał do Muzeum Diecezjalnego. Umówiliśmy się na sobotę.

Tego dnia pracowało mi się świetnie. Badałem sprawę *Madonny* dwutorowo. Z jednej strony szukałem wszelkich wzmianek o kościele w Praszowicach, z drugiej zaś badałem ziemskie stosunki własnościowe tych okolic.

W piątek po południu praca zaczęła przynosić pierwsze efekty. Z mroków dziejów wyłonił mi się rycerz Prokop Wilk herbu Grzymała, który nie dość, że był przez pewien czas właścicielem Praszowic, to jeszcze miał na koncie co najmniej jedną podróż na południe Europy.

Wizyta w muzeum

Wyprawa z Bibianą do mojego dawnego miejsca pracy była prawdziwym przeżyciem. Przebywanie w strefie bezpośredniego oddziaływania jej perfum przyprawiało mnie o zawrót głowy. Wydawało mi się, że płuca wypełnia mi gaz lżejszy od powietrza, który nieznacznie unosi moje ciało, wprawiając je w stan niezauważalnej dla innych, ale wyraźnie odczuwanej przeze mnie lewitacji...

Byliśmy w Muzeum jedynymi zwiedzającymi. Okazało się, że Bibiana jest bardzo zainteresowana sztuką kościelną. Prosiła mnie o fachowy komentarz i chłonęła każde moje słowo. Zabytki sakralne zgromadzone w Muzeum nie przedstawiały wielkiej wartości artystycznej; były wtórne, schematyczne i raczej bez wyrazu. Czysta konwencja i to nie najwyższego lotu. Właściwie jedynymi obiektami w Muzeum wartymi uwagi było pięć niezłych portretów trumiennych, przedstawiających podgolonych szlachciurów z rodu Kleckich, i jeden portret mężczyzny z końca osiemnastego wieku. Okazało się, o dziwo, że Bibianie nie jest znane zjawisko portretu trumiennego. Była zafascynowana. Upewniała się, czy ich malarze faktycznie niekiedy malowali „z natury". Długo przypatrywała się nalanym twarzom Kleckich, ich potrójnym podbródkom i wypukłym oczom. Mimo że portrety powstały na przestrzeni prawie pięćdziesięciu lat, widać było, że autorom tych późniejszych pokazywano już istniejące i proszono o trzymanie się podobnej konwencji. Dwa ostatnie wyszły spod pędzla tego samego artysty – w tym przypadku słowo to było uzasadnione. Jak się wydaje, malarz nie podjął żadnej próby maskowania rzeczywistości. Mościpanowie na jego portretach byli niepiękni. Na ich twarzach znać było pychę i arogancję, a także lata obżarstwa i opilstwa. Odmalowana była każda brodawka na wydatnych nosach, worki pod oczyma, ciężkie powieki.

Bibiana pytała o szczegóły umieszczania portretów na trumnach, przebieg ceremonii pogrzebowych. Opowiedziałem jej więc o *castrum doloris* i o przedstawieniu, które urządzano w kościele, z osobą odgrywającą rolę zmarłego. Chciała wiedzieć, czy trumny Kleckich zachowały się do naszych czasów, a jeżeli tak, to gdzie. Nie wiedziałem tego, ale obiecałem się dowiedzieć.

Dla spotęgowania efektu zaprowadziłem tam Bibianę na samym końcu. Stanęliśmy przed wizerunkiem siwiejącego mężczyzny w granatowym mundurze ze srebrnymi szamerunkami.

– Czy to aby nie jest...

– Tak, to on. Generał.

Ossoliński był przystojnym mężczyzną. Portret, który wyszedł spod dobrego pędzla, pokazywał go w kwiecie wieku, jakieś dziesięć-piętnaście lat przed śmiercią. Generał nie miał śladu brzucha, mundur, bardzo podobny do tego, w którym go pochowano, leżał na nim jak ulany. Melancholijnym wzrokiem patrzył w przestrzeń. Za jego plecami widać było sylwetkę wiejskiego kościoła, który odbudował i który dał schronienie jego szczątkom.

Bibiana długo patrzyła w jego podłużną twarz. Wiedziałem, że porównuje ją z tym, co z tej twarzy zostało i co oglądaliśmy w krypcie kościoła w Praszowicach. Jej fascynacja śmiercią była oczywista. Poczułem lekki dreszcz.

Noc, którą spędziliśmy w moim mieszkaniu, była powtórką tamtej z motelu, ale tylko do pewnego stopnia. Znowu byłem instrumentem, ale tym razem grano inny utwór. Miał znacznie wolniejsze tempo i subtelniejszą linię melodyczną, a przerwy między poszczególnymi częściami były wyraźnie zaznaczone.

Odejście Małgosi

Umówiłem się z Gerwazym w „Connemarze". Siedział samotnie w swojej skórzanej motocyklowej kurtce, popatrywał na obecne w pubie dziewczyny. Należały one do tego sortu, który z pomocą fryzjerek i przemysłu kosmetycznego skutecznie pozbawia siebie wszelakiej naturalności i świeżości, na przykład farbując włosy na czarno i mozolnie zaklejając pory skóry najprzeróżniejszymi podkładami, pudrami itp. Bibiana wyglądałaby wśród nich jak istota z innej galaktyki.

– Cześć, Charles! – krzyknął na mój widok. Od niepamiętnych, szkolnych czasów używał angielskiej formy mojego imienia.

Klapnąłem na krześle obok niego.

– Ger, mam problem. Problem obfitości. Potrzebuję twojej rady. Mam nową kobietę.

Uśmiechnął się.

– Czyżby Małgosia się zdezaktualizowała? Spodziewałem się tego.

Zdziwiłem się. Wydawało mi się, że uchodzimy z Małgosią za idealną parę.

– Skąd wiedziałeś?

– Stary, znamy się tyle lat. I tak długo wytrzymałeś. Jebactwo osiadłe nie jest dla ciebie. Pewnie jakiś płomienny romans?

– Trafiłeś – powiedziałem. – Nawet nie wiesz, jak bardzo płomienny. Ger, co mam zrobić z Małgosią?

– Daj się złapać.

– Co?

– Daj się złapać. Nie tłumacz się. Ona jest ambitna. Wścieknie się i sobie pójdzie. Kiedy poznam tę nową?

W następnych tygodniach Bibiana spotkała się ze mną tylko kilka razy i to na krótko; weekendy spędzała gdzieś poza miastem. Tęskniłem za cielesnym zbliżeniem z nią, ale musiałem uzbroić się w cierpliwość. Tymczasem Małgosia zaczęła się gryźć tym, że przestałem reagować na jej wdzięki. Nic na to nie mogłem poradzić. To tak, jakby moje receptory przeprogramowano na inny obraz, inny zapach, inny smak i nawet inny dźwięk. Popatrywała na mnie spod oka, ale nic nie mówiła. Schodziła mi z drogi.

Mniej więcej miesiąc po rozmowie z Gerwazym Małgosia wyjechała do rodziców, a Bibiana miała wolny weekend. Spędziliśmy go razem. Był czerwiec, nadeszła fala upałów. Sobotę spędziliśmy, kochając się i od czasu do czasu biorąc prysznic. Po jej wyjściu w niedzielę rano nie zrobiłem tego, co każdy przezorny mężczyzna zrobić powinien. Nie zlikwidowałem śladów jej bytności. Nie zmieniłem przepoconej i poplamionej pościeli, nie wyłowiłem spod prysznica pasma długich, rudych włosów...

Odkrycie śladów rywalki zajęło Małgosi trzy minuty.

– To ta ruda suczka ze zdjęcia – stwierdziła i rozpłakała się.

Od fazy rozżalenia szybko przeszła do fazy gniewu.

– Karol, ty sukinsynu – powiedziała, pakując swoje rzeczy. – Wyciągnęłam cię z rynsztoka – ciągnęła patetycznie i chyba nie do końca zgodnie z prawdą. – Miałeś ze mną dom. Zobaczymy, co będziesz miał z nią.

Cały proces odejścia Małgosi trwał z godzinę. Nie była to godzina przyjemna, ale przetrzymałem ją i zostałem wolnym człowiekiem.

Następne miesiące minęły mi pod znakiem romansu z Madonną z konwalią i romansu z Bibianą.

Grzebanie w przeszłości

Obiecujący trop rycerza Wilka nie doprowadził mnie do konkretnych ustaleń. Wilk, który żył w dostatnich czasach Zygmunta Augusta, a nawet pełnił jakąś niejasną funkcję na jego dworze, był niespokojnym duchem. Przebywał czas pewien we Włoszech, w każdym razie odnotowano jego obecność w Bari, co zdawałoby się wskazywać na jakąś misję w służbie Bony. Mógł, oczywiście, kupić wtedy (albo, na przykład, wygrać w kości) *Madonnę*. Wiadomo, że z Bari przeprawił się na Maltę, gdzie uczestniczył w walkach z Turkami. Do kraju wrócił około roku 1570. Problem polegał na tym, że obecność *Madonny* w praszowickim kościele odnotowana została po raz pierwszy podczas wizytacji dopiero w 1728. Gdyby podarował ją kościołowi Wilk, znajdowałaby się w spisie inwentarza w roku 1590 i była odnotowana podczas następnych wizytacji. Oczywiście jest możliwe, że wisiała wtedy w kaplicy w jego dworze, a kościołowi podarował ją późniejszy właściciel Praszowic. Była to jednak hipoteza bardzo wątła. Z bólem serca musiałem porzucić rycerza Wilka i przyjrzeć się kolejnym właścicielom Praszowic.

Nie było jasne, w jaki sposób wieś trafiła w ręce Zaklików. Nie zachowały się żadne dane na temat potomstwa rycerza Wilka i jego dziedziców. Nie było nawet wiadomo, czy był żonaty. Tak czy owak, w roku 1615 Praszowice były w posiadaniu Zaklików, którzy chętnie wdawali się w spory graniczne, zostawiając za sobą liczne ślady w sądowych księgach ziemskich. Dziedzic Praszowic Jeremiasz Zaklika był znanym infamisem, w latach 1631–1637 przebywał na wygnaniu za zabójstwo szlachcica, niejakiego Wartogłowego. Czy był we Włoszech, nie wiadomo. Wiadomo tylko, że był kapitanem gwardii cesarskiej. Do Praszowic powrócił przed samą śmiercią, koło roku 1652. Czy przywiózł ze sobą *Madonnę*? Nie można tego wykluczyć. Męskich potomków nie miał; jego jedyna córka wydała się w roku 1640 za Jędrzeja Kościeja, podsędka bracławskiego. Czy wniosła mu w wianie *Madonnę*?

Co czwartek spotykałem się na dyżurze Instytutu z Bandurą i zniechęcony relacjonowałem mu postępy, a właściwie brak postępów w pracach nad ustaleniem pochodzenia *Madonny z konwalią*. Pocieszał mnie:

– Kolego, rzecz dzieje się w Polsce. Tu nic nie jest na swoim miejscu. I nigdy nie było. Nie dość, że państwo na kółkach, turlane to na wschód, to na zachód, to jeszcze taki, jak to mówi Davies, plac zabaw. Dla całej Europy. Tu wszystkich nosi, czy tego chcą, czy nie. Nikt nie siedzi na dupie, choćby bardzo chciał. Jak usiądzie, to zaraz przyjdą i przegonią, przesiedlą, przeflancują. A z ludźmi – przedmioty. Tu nie ma żadnej ciągłości.

I opowiedział mi anegdotę w swoim stylu. Słyszał ją z ust Petera Ustinova, a dotyczyła pewnego autorytetu od Pieta de Hooch, który w jakimś szkockim bodaj zamku odkrył nieznane dzieło mistrza. Kiedy podniecony pytał o pochodzenie obrazu, zramolały lord, właściciel zamku, kazał przynieść coś w rodzaju księgi inwentarzowej. Długo szukał, następnie zamknął z trzaskiem księgę i wygęgał: „Kupiliśmy od artysty".

– U nas to byłoby niemożliwe – zakończył Bandura.

Zaprotestowałem.

– Panie profesorze, nie jest tak źle. *Madonna* jest tam na pewno od 1728 roku. Jest w spisie ruchomości z wizytacji.

– A jest pan pewien, że to ona? Że nie chodzi o zupełnie inny obraz? Ten opis jest dość ogólnikowy.

Jak zwykle miał rację. Mogło chodzić o zupełnie inny obraz.

Hiszpańska krew

Romans z Bibianą również rozwijał się z oporami. Prawda o niej wymykała mi się. Durzyłem się w niej rozpaczliwie i chciałem jakoś oswoić. Mieć tylko dla siebie. Wiedzieć o niej wszystko. Ale sprawa była równie skomplikowana, jak z *Madonną*. Bibiana też nie pozwalała się bliżej poznać. Nie dawała się osadzić w żadnych realiach. Zadawała wiele pytań, ale sama na pytania nie chciała odpowiadać. Musiałem poprzestać na tym, że mam jej ciało. Starałem się więc czerpać z niego tyle, ile się da.

Dostarczała mi niezwyczajnych przeżyć estetycznych. Uwielbiałem patrzeć na nią nagą. Ta jej gładziutka *mons Veneris* była fascynująca. Raz pozwoliła mi się tam ogolić. Nigdy przedtem czegoś takiego nie robiłem i nie miałem pojęcia, jak potężny ładunek erotyczny może się kryć w tej intymnej czynności...

Podniecała się łatwo i szybko dochodziła do szczytu. W miłości była wprawna i niezwykle pomysłowa. Jak zawodowa kontorsjonistka potrafiła składać swoje szczupłe ciało na wiele różnych i zadziwiających sposobów, zawsze jednak tak, by podać mi jak na talerzu to jedyne danie, którego nigdy nie miałem dość. Wielu z tych pozycji *Kamasutra* nie przewidziała. Może dlatego, że kobiety tam opisywane nie miały za sobą czterech lat szkoły baletowej?

Ta szkoła była jedną z nielicznych rzeczy, których dowiedziałem się o jej przeszłości. I to, że jej ojciec zmarł, kiedy miała kilka lat. I że płynie w niej hiszpańska krew. Gdy mi to powiedziała, nie uwierzyłem jej.

– Przecież Hiszpanki są...

– Czarne? – spytała.

– No tak... – powiedziałem.

– Guzik prawda. Moja babka pochodziła spod Sewilli i była ruda – wyjaśniła.

Pomyślałem o jej temperamencie i przestałem mieć wątpliwości.

Jak wiele młodych kobiet w tych czasach Bibiana miała tatuaż. Ale bardzo, bardzo szczególny. Były to półtoracentymetrowej wysokości ozdobne literki, wytatuowane na wewnętrznych płaszczyznach pośladków, po obu stronach odbytu. „R" po lewej, „S" po jego prawej stronie. Widać je było tylko wtedy, kiedy się pośladki rozchyliło. Kiedy zobaczyłem je po raz pierwszy, instynkt powiedział mi, żeby nie pytać Bibianę o nie.

Któregoś dnia powiedziała:

– Weź mnie dzisiaj między literkami.

Nie robiłem tego przedtem w ten sposób i miałem na początku lekkie opory. Ale wkrótce bardzo w tym zagustowałem. Bibiana robiła sobie przedtem lewatywę i potrafiła tak rozluźnić *sphincter ani*, że miłość ta nie sprawiała mi żadnego dyskomfortu.

Fellatio w jej wykonaniu było zupełnie wyjątkowe, ponieważ jako jedyna z kobiet, które miałem, wiedziała, że w jego trakcie prącie może tylko lekko muskać wargami, ssanie zostawiając na sam finał. Chyba nigdy nie dotknęła go zębami.

Kiedyś nie wytrzymałem i spytałem, gdzie się tego wszystkiego nauczyła. Wstała wtedy, ubrała się i wyszła bez słowa. Nie odbierała telefonu i nie odpowiadała na SMS-y przez dwa tygodnie. Kiedy wreszcie pozwoliła mi się zobaczyć, powiedziała:

– N i g d y mnie o nic nie pytaj. Jak będę chciała, sama ci powiem.

Ale nie chciała.

Skarb w Praszowicach

– Panie profesorze, nie ma już więcej danych – powiedziałem zniechęcony. – Chyba się nigdy nie dowiemy, skąd ona się wzięła.

Siedzieliśmy w wydziałowej kawiarence, popijając herbatę z cytryną. Ponieważ byłem z Bandurą, załapałem się na prawdziwą szklankę w metalowym koszyczku. Pospólstwo musiało zadowalać się papierowymi kubkami albo grubymi, fajansowymi naczyniami bez uszka, tak dobrze znanymi z wszelkich stołówek. Panie za ladą prześcigały się w uśmiechach do Bandury, który jednak tego nie zauważał. Dyskretnie omiatał wzrokiem paradujące wzdłuż stolików studentki.

– Kolego, naukowiec musi być cierpliwy – odpowiedział. – Któregoś dnia znajdzie pan gdzieś jakąś wzmiankę i – bęc! – wszystko stanie się jasne.

– Gdyby tak było, to byśmy wiedzieli więcej o tym Passerotto, panie profesorze – zauważyłem.

– Nasze Praszowice stają się sławne – powiedział, zmieniając temat; robił tak zawsze, kiedy rozmowa przybierała kłopotliwy dla niego obrót. I podał mi egzemplarz miejscowego szmatławca. Otworzyłem go i w oczy uderzył mnie tytuł na stronie czwartej: NAPOLEOŃSKI SKARB W PRASZOWICACH? Zacząłem czytać:

Jak donosi nasz korespondent we Francji, według przekazywanej z pokolenia na pokolenie tradycji rodziny Souris, jeden z jej przodków, Jean, napoleoński generał, zmarł w Polsce podczas odwrotu spod Moskwy i pozostawił tam swój wojenny łup. Przeprowadziliśmy w tej sprawie śledztwo i okazało się, że generał Souris zmarł w pałacu w Praszowicach niedaleko naszego miasta. Jego wojenny łup nie dojechał do Francji z ocalałymi żołnierzami generała. Co się z nim stało? Czy przed śmiercią generał ukrył swój skarb? A jeśli tak, to gdzie? Pałac w Praszowicach już nie istnieje, ale zachowały się jego piwnice. Co kryją?

Notatka podpisana była inicjałami.

– O kurczę – powiedziałem. – Już widzę tych maniaków z wykrywaczami metali. Swoją drogą ciekawe, co tym razem przekręcili. Zawsze coś przekręcą.

– O dziwo, chyba nic. Nawet obce nazwisko się zgadza – odpowiedział Profesor. – Nawiasem mówiąc, wie pan, co znaczy souris?

– Mysz?

– Właśnie. Jeszcze jeden z tych plebejskich dowódców Napoleona, ponoć bardzo zdolny. Może miał nawet buławę marszałkowską w plecaku, ale ten Jaś nie doczekał, biedaczek.

Po czym opowiedział mi, gdzie ta historia została opisana. Tak usłyszałem o *Pamiętniku szlachcianki*, wydanym kilka lat temu dziewiętnastowiecznym przykładzie literatury pamiętnikarskiej. Jego autorka, Antonina Scherr, była prawnuczką generała Ossolińskiego.

– Nie jest to może wielka literatura, ale historycy cenią go ze względu na opis powstania styczniowego – powiedział Profesor. – Ta Scherr, a właściwie Baraniecka, znała jego wszystkich przywódców i dowódców. Opisała też ciekawie zesłanie, bo poszła za mężem na pięć lat na Sybir. Można powiedzieć, obserwacja uczestnicząca. Niech pan to przeczyta, kolego. Jest tam nawet wzmianka o naszej *Madonnie*.

Siedzieliśmy chwilę w milczeniu, dopijając herbatę.

– Widziałem pana z taką wysoką rudą – powiedział nagle Profesor, zmieniając znów temat. – Ciekawa uroda.

Nic nie powiedziałem. Wiedziałem, że zżera go ciekawość, ale postanowiłem mu nie pomagać.

– Klasa zerowa – powiedział. Był to w jego ustach najwyższy komplement. – Ale to są kruche egzemplarze. Nie nacieszy się pan... Nikt się nie nacieszy. To nie jest... sztuka użytkowa. Za mało krwi i kości.

Kobieta Profesora

Istotnie, własna wybranka Profesora nie była taka krucha jak Bibiana. Jeszcze kiedy byłem na studiach, moje koleżanki żywo interesowały się życiem erotycznym Bandury. Jako stary kawaler, Profesor uważany był albo za homoseksualistę, albo za faceta, który ma do kobiet jakiś potężny uraz. Niektóre dziewczyny twierdziły jednak, że „ma błysk w oku" i że po prostu jest w tych sprawach bardzo dyskretny. Któregoś dnia jedna z koleżanek przyniosła pierwszą wiadomość o Kobiecie Profesora. Widziała go w kinie z jakąś panią i odnotowała gesty świadczące o jednoznacznej zażyłości. Kilka miesięcy później widziano go z tą samą (opis się zgadzał) kobietą i słyszano, jak szeptali coś do siebie w języku obcym. Koleżanki komentowały jej urodę z niechętnym uznaniem. Miała jakoby około czterdziestki i nosiła się z niewymuszoną, dość kosztowną elegancją.

Mniej więcej rok po pierwszych doniesieniach o Kobiecie Profesora jej tajemnica się wyjaśniła. Stało się to podczas sesji naukowej na temat holenderskiego baroku, organizowanej przez nasz instytut we współpracy z Muzeum Narodowym. Wśród prelegentów było kilkoro cudzoziemców, a Kobietą Profesora okazała się pani dr Mareike van R... z uniwersytetu w Lejdzie, duża szatynka o spokojnej urodzie.

Kilka lat później Profesor zaprosił mnie na kolację i przedstawił swojej holenderskiej przyjaciółce. Z rozmowy wynikło kilka rzeczy. Po pierwsze, że znają się od co najmniej dziesięciu lat. Po drugie, że pani Mareike jest mężatką, bez skrępowania mówiącą o swoim mężu. Po trzecie, że bywa w Polsce co parę miesięcy celem spędzenia kilku dni z Bandurą. Traktowała go z nutką pobłażania, ale patrzyła na niego ciepło. Dużo się śmiała, a jej śmiech był zaraźliwy. Oglądana z bliska, nadal była niezmiernie atrakcyjna. Zdecydowanie nie należała do kobiet wiotkich i eterycznych: jej luźne bluzki nie maskowały ciężkich piersi, a spódnice – konkretnego tyłka. Błędem jednak byłoby określić ją jako grubą czy otyłą, ponieważ nie miała chyba nigdzie zbędnych wałków tłuszczu. Była po prostu bujna i emanowała spokojną akceptację swojej fizyczności. Kiedy wstała od stołu i poszła do toalety, spojrzałem na jej poruszające się pod spódnicą pośladki i poczułem ściśnięcie w okolicy jąder. Trochę mnie to zdziwiło, ponieważ dotychczas nie postrzegałem kobiet w jej wieku jako obiektów erotycznego zainteresowania.

– Kawał kobiety, co? – mruknął Profesor, widząc moje spojrzenie.

Poczułem, że się czerwienię.

Pamiętnik

Następnego dnia po tamtej rozmowie z Profesorem wypożyczyłem ów *Pamiętnik szlachcianki* i tego samego wieczora zacząłem jego lekturę.

W mojej rodzinie dużo mężczyzn nosiło mundur. Największą karierę zrobił chyba mój pradziadek, potomek sławnego rodu Hipolit Jerzy Ossoliński, który zmarł jako generał wojsk polskich. Któż jednak może wiedzieć, do jakiego stopnia wojskowego doszedłby mój dziadek, Konstanty Baraniecki, i mój ojciec, Antoni Napoleon Baraniecki, gdyby wcześnie nie oddali życia w służbie umiłowanej Ojczyzny?

Takie były pierwsze zdania wspomnień hrabianki Antoniny Baranieckiej, świadka dwóch powstań narodowych.

Szybko odnalazłem fragmenty dotyczące owego „napoleońskiego skarbu".

Nieszczęsne wydarzenia, które doprowadziły do śmierci babkę, miały miejsce w roku 1812. Mnie nie było jeszcze na świecie, a Ojciec mój, młody naonczas chłopak, przechowywał się u krewnych w Wielkiej Polsce. Wtedy to, w samo Boże Narodzenie, na kwaterę w pałacu stanęli francuscy kawalerzyści wycofujący się z Rosji. Wieźli ciężko rannego dowódcę swojego, generała Sourisa, który otrzymał był od Kozaków ranę piką w brzuch. Z jej powodu nie mógł jeść i srodze cierpiał. Babka, choć świeżo w żałobie

po Dziadku, opiekowała się generałem troskliwie,
ale ów słabł, słabł, aż wreszcie oddał duszę Bogu.
Prawdę powiedziawszy, zmarł z gorączki, ale i z wy-
głodzenia organizmu. Generała, że był znanym jako
zajadły jakobin, Ksiądz Dobrodziej nie zgodził się po-
chować w poświęconej ziemi; za nim murem stanęła
wieś cała. Kirasjerzy pogrzebali go więc w naszym
parku, a na grób usypali kopiec kamieni, w które
zatknęli wielki pałasz. Tkwił tam później przez lata,
cały pordzewiały. Zostało po generale parę skrzynek
z precjozami. Je kirasjerzy wywieźli, opuszczając
kwaterę. Bardzo przytem narabowali w majątku żyw-
ności. W parę dni kilku z nich wróciło i wzięło na
męki babkę, domagając się od niej czegoś, co generał
miał mieć przy sobie w chwili zgonu. Babka wskutek
kaźni umarła, a żołnierze splądrowali pałac, zaczem
go podpalili. Gdyby nie wierna służba, poszedłby ani
chybi z dymem.

Kartkując pamiętniki, dowiedziałem się, że dziadek autorki, Konstanty Baraniecki, zginął jako świeżo
awansowany pułkownik u Dąbrowskiego, osłania-
jąc w listopadzie roku 1812 przeprawę wojsk francuskich przez „Biarezinę", zaledwie miesiąc przed
przybyciem kirasjerów generała Souris do Praszowic, jej ojciec zaś, Antoni Napoleon Baraniecki,
wziął udział w powstaniu listopadowym jako kapitan
artylerii pod generałem Prądzyńskim i zginął w wal-
ce z korpusem Rozena w zwycięskiej dla Polaków
bitwie pod Iganiami. Antonina miała wtedy osiem

lat i przebywała z matką u rodziny w Wielkopolsce – jak się wydaje, w tej rodzinie tam właśnie wysyłano dzieci za każdym razem, kiedy czasy były niepewne.

Nie wiedząc właściwie, dlaczego to robię, zadzwoniłem do redakcji szmatławca i spytałem o korespondenta we Francji. Tak jak przypuszczałem, nikt taki nie istniał. Poprosiłem więc o kontakt z podpisanym inicjałami autorem notatki o „skarbie". Robili trudności, ale wzmianka o Uniwersytecie jak zawsze pomogła: mimo erozji wszelkich autorytetów, pracownik tej szacownej instytucji wciąż budził w ludziach zaufanie. Dziennikarzyna wił się jak piskorz, ale w końcu przyznał, że tekst we francuskiej prasie, na podstawie którego spłodził swoją sensacyjną notatkę, ukazał się mniej więcej przed rokiem. Przesłali mu go znajomi z Albi.

Romansu ciąg dalszy

Któregoś dnia zabrałem Bibianę do „Connemary" i przedstawiłem jej Gerwazego. Wiedziałem od razu, że „chemia" między nimi będzie nie najlepsza. Gerwazy był wyraźnie pod wrażeniem jej urody, stał się dziwnie nieśmiały. Z kolei Bibiana wiedziała, że Gerwazy jest dla mnie ważny, i chciała mu się przedstawić z najlepszej strony. W rezultacie oboje zachowywali się sztucznie i męczyli się w swojej obecności. Zakończyłem wieczór pod byle pretekstem.

Nieco szczęśliwiej zakończyła się konfrontacja Bibiany i mojego ojca. Upewniłem się, że kiedy przyjdziemy, będzie trzeźwy. Pułkownik przygotował kolację w stylu hinduskim. Był dobrym kucharzem, a kilka lat attachatu w Azji znacznie rozszerzyło jego repertuar. Jego kurczak *tandoori* był wyśmienity (do przyrządzania tej potrawy Pułkownik przywiózł sobie z Indii specjalny gliniany piecyk). Wyraźnie postanowił oczarować Bibianę; był wobec niej niesłychanie szarmancki, sypał anegdotami... Bibiana znakomicie podtrzymywała rozmowę, zadając mu stosowne pytania. Kiedy wyszła, zasiedliśmy z Pułkownikiem do dobrze zmrożonej połówki.

– Rozumiem cię, Karol – powiedział. – Ona jest bardzo piękna i interesująca. Ma mnóstwo klasy. Ale, nie zrozum mnie źle, to jest kobieta na burzliwy romans, nie na życie z nią.

W pewnym sensie powiedział to samo, co Bandura.

Tajemnice, tajemnice

Bibiana była dla mnie nadal zagadką. Nie dowiedziałem się niczego o mężczyznach w jej życiu. W ogóle nie dowiedziałem się wiele. Wiedzę o niej składałem mozolnie z oderwanych fragmentów. Czułem się jak archeolog, który rekonstruuje rozsypaną mozaikę, wiedząc, że ma do dyspozycji tylko co dziesiąty kawałek. Bibiana napomknęła kilka razy o rodzicach w T., wspomniała tę szkołę baletową, z różnych komentarzy wiedziałem, że wiele podróżowała po Europie. Okazało się, że jest o kilka lat starsza, niż mi się pierwotnie wydawało. Kiedyś słyszałem, jak rozmawiała przez telefon po francusku. Brzmiała jak rodowita paryżanka.

Kiedyś, gdy jeszcze spała, obejrzałem ten jej pozornie staroświecki prostokątny zegarek. Koperta była złota, godziny zaznaczone były niewielkimi brylantami. Patek Philippe. Ten zegarek był pewnie wart dużo więcej niż mój samochód, kiedy był nowy.

Miała jakieś swoje tajemne życie. Czasami znikała na tydzień, dwa, a nawet trzy. Zawsze zapowiadała swoje zniknięcia, a po powrocie z tajemniczych wypraw dzwoniła.

Kiedyś zobaczyłem ją w kawiarni w Zielonym Pasażu. Siedziała przy stoliku z jakimś siwym, zadbanym gościem. Kiedy mnie zobaczyła, dała mi ruchem głowy i oczami znak, żebym nie podchodził. Wycofałem się dyskretnie. Gość niczego nie zauważył.

Bibiana nie lubiła spotykać się ze mną w mieście. W miejscach publicznych nigdy nie pozwoliła sobie wobec mnie na żaden czuły gest i prosiła, żebym się od nich powstrzymał. Nasz związek był więc ukrywany przed światem, w pewnym sensie nieoficjalny. Nie chciała chodzić ze mną do kina ani do teatru. Nie chciała u mnie zamieszkać.

Brak czułości w miejscach publicznych wynagradzała mi coraz większą czułością, kiedy byliśmy sam na sam. Czasami przytulała się do mnie wręcz kurczowo i nie chciała puścić. Niekiedy odnosiłem wrażenie, że się czegoś boi i że chroni się przed tym czymś w moim uścisku.

Najbardziej lubiłem jeździć z nią po małych miejscowościach, nocować w różnych prywatnych kwaterach, włóczyć po łąkach i lasach. Niestety, mój peugeot robił się coraz bardziej ażurowy i dychawiczny, i coraz mniej się do takich eskapad nadawał. Wtedy niespodziewany przypływ gotówki umożliwił mi wymianę samochodu.

Gustaw

Tego gościa widywałem przy różnych oficjalnych okazjach od dwóch-trzech lat. Trudno było nie zwrócić uwagi na jego niedzisiejszą elegancję: koszule o bieli zawsze złamanej, dyskretne krawaty, samodziałowe marynarki, których próżno by szukać w polskich sklepach, spodnie z mankietami i – co nietypowe w Polsce – zawsze wyczyszczone buty. No i ta odrobinę znudzona mina. Dawałem mu nie więcej niż trzydzieści pięć, czterdzieści lat, a nosił się jak ci eleganccy starsi panowie ze sfer ziemiańskich, których widuje się niekiedy, ale z jakiegoś powodu tylko w stolicy. Spotykałem go przy okazji otwarcia wystaw, na imprezach muzealnych, a także wykładach Towarzystwa Naukowego. Na urzędnika od kultury zdecydowanie nie wyglądał; przypuszczałem, że handluje dziełami sztuki, ale nie widziałem go nigdy w żadnej galerii. Spytałem o niego kiedyś Bandurę, który znał wszystkich. Ale jego – nie, jak się okazało.

Podszedł do mnie po wykładzie w Towarzystwie Naukowym, gdzie opowiadałem o polskim mecenacie magnackim w szesnastym i siedemnastym wieku. Wiedzę tę zdobyłem naturalnie podczas pracy nad pochodzeniem *Madonny*, a wykład zaproponował mi Bandura jako zastępstwo po nagłym odwołaniu przyjazdu przez prelegenta z Niemiec. Gość wyciągnął rękę.

– Gustaw ...wicz. Gratuluję arcyciekawego wykładu, panie doktorze.

Jego zblazowana mina całkowicie neutralizowała ten przymiotnik.

– Mam do pana prywatną sprawę. Słyszałem, że szuka pan lokatora.

Była to prawda. W kamienicy po babci Teodorze zwolniła się kawalerka. Jak zwykle w takich przypadkach, była to pierwotnie część dużego mieszkania. Poddano je jednak dość szczęśliwej przeróbce i wydzielono z niego dwie kawalerki, a raczej garsoniery, składające się z dużego pokoju, dużej kuchni i łazienki.

– Istotnie – powiedziałem. – Ale lokal jest bardzo zniszczony. Kiedy chce go pan obejrzeć?

– Choćby jutro. Czy w łazience jest dużo światła? – zapytał.

Umówiliśmy się na oględziny mieszkania. Trwały krótko.

– Kiedy mogę je przejąć? – spytał.

– Choćby zaraz – odpowiedziałem.

– Chcę je najpierw wyremontować – powiedział.

Dałem mu komplet kluczy.

Dwa tygodnie później poszedłem do niego z umową. Właśnie się wprowadzał. Ściany pokoju były teraz zielononiebieskie, w ciemniejszym odcieniu *vert émeraude*. W pomieszczeniu był na razie tylko jeden mebel: łóżko. Ale jakie! Autentyczne łoże z baldachimem, ciężkie, z rzeźbionego palisandru. Zasłony były rubinowoczerwone. Ten facet miał zdecydowane gusta, których – mimo zawodowego zainteresowania starymi meblami – absolutnie nie podzielałem. Wiedział doskonale, jakie wnętrze chce mieć, i to właśnie realizował. Kiedy poszedłem do łazienki, żeby się odlać, zauważyłem, że jest już kompletnie umeblowana. Roślinnością. Doniczek stało tam ze trzydzieści: były to różne rośliny pnące, wiszące, płożące. Wisiały nawet na prysznicu. Istna palmiarnia. Teraz dopiero zrozumiałem, dlaczego pytał o światło w łazience.

Ceny nie kwestionował. Nie próbował negocjować obniżki czynszu ze względu na kosztowny remont. Kiwnął tylko głową i spytał, czy może zapłacić za rok z góry i czy pieniądze może przelać na moje konto. Kiedy przyszedł przelew, zauważyłem, że dokonany został przez bank z Monako.

Dwa dni później pojechałem na giełdę i sprzedałem peugeota za grosze jakimś chłopaczkom. A następnego dnia kupiłem z ogłoszenia dwuletnią fiestę.

Zniknięcie *Madonny*

Madonnę z konwalią ukradziono pod koniec października. Rzecz opisała dokładnie prasa. Złodzieje znaleźli jakoś sposób, by wyłączyć instalację alarmową. Pozbawili przy okazji prądu całą wieś, ale ponieważ działo się to podczas burzy, nagłe zgaśnięcie telewizorów nikogo w Praszowicach nie zaskoczyło. Zdarzało się to i wcześniej. Po wyłączeniu alarmu złodzieje weszli do kościoła przez kryptę grobową. Wydłubali łomem kratę w okienku krypty, a następnie samo okienko, weszli przez otwór po nim, przeszli przez kryptę, podważyli drzwi do niej umieszczone w podłodze kaplicy Kościejów, zdjęli obraz i wyszli tą samą drogą. Mógł to od biedy zrobić jeden człowiek.

Kradzieży nie odkryto od razu. Wyszła na jaw dopiero dwa dni później, kiedy na plebanii pojawił się przewodnik, który koniecznie chciał pokazać obraz zupełnie niezainteresowanej wycieczce licealistów z Lublina. Księżulo wszedł wraz z nimi do kaplicy Kościejów, spojrzał na ołtarz i zemdlał.

Jak zwykle w takich przypadkach zaalarmowano straż graniczną, i – jak zwykle – bezskutecznie. Reprodukcje *Madonny z konwalią* pojawiły się w całej polskiej prasie. Bandurę zaproszono do telewizji, gdzie młody i ciężko przystojny redaktor, ulubieniec wszystkich kobiet powyżej pięćdziesiątki, usiłował go skłonić do spekulacji na temat sprawców kradzieży. Sugerował, że dokonano jej na zamówienie bogatego zbieracza, ponieważ obraz tak znany nie ma praktycznie wartości handlowej. Wypytywał Bandurę o Sapphire'a, pozostawiając widzom połączenie obu motywów w jeden. Posunął się nawet do pytania, jak dobrze Sapphire znał instalację alarmową, za którą przecież zapłacił.

Przedstawiciele mediów dotarli nawet do mnie, ale nie zgodziłem się na wywiad, zasłaniając się lojalnością wobec jedynego prawdziwego specjalisty od *Madonny*, to znaczy profesora Bandury.

Musieliśmy też z Profesorem złożyć obszerne zeznania na policji.

Człowiek, który lubił psy

Na początku listopada przydarzyło mi się coś dziwnego. Skończyłem właśnie ćwiczenia na uczelni i pakowałem się, kiedy ktoś zapukał do drzwi.

– Proszę! – krzyknąłem.

Do środka wszedł bardzo krótko ostrzyżony gość o twarzy, która była dużo szersza w dolnej części niż w górnej. W połączeniu z szerokimi ustami nadawało mu to osobliwy wygląd żaby. Długi, skórzany płaszcz pękał na nim w szwach i jasne było, że wolnego czasu nie spędza w bibliotekach.

– Ktoś chciałby z panem porozmawiać – powiedział.

– W jakiej sprawie? – spytałem.

– Nie wiem, nie moja rzecz. Proszę ze mną. To nie potrwa długo.

– Ale ja nie mam czasu – powiedziałem.

Żaba podszedł bardzo blisko i zajrzał mi w oczy.

– Nie utrudniaj, kolo – powiedział.

Nie przestraszyłem się zbytnio, ale zdałem sobie sprawę z tego, że z nim nie ma żartów. No i chciałem się dowiedzieć, o co chodzi. Poszedłem więc za nim i wsiadłem do samochodu. Było to, jakże by inaczej, bmw – czyli tak zwana bejca.

Podjechaliśmy pod knajpę „Nauzykaa", mającą pretensję do reprezentowania w naszym mieście kuchni helleńskiej, i weszliśmy do środka. W wystroju lokalu dominowały białe murki różnej wysokości z okienkami, w których wisiały różnej wielkości dzwony. Mimo wczesnej pory siedziało tam kilkanaście osób. Od jednego ze stolików podniósł się zadbany, siwy gość. Obok jego krzesła siedział wielki rottweiler, który na mój widok nawet się nie poruszył. Gość wyciągnął rękę, ale się nie przedstawił. Usiedliśmy naprzeciwko siebie. Nieznajomy przyglądał mi się przez chwilę jak niezwykłemu okazowi owada. Głaskał przy tym łeb psa, który patrzył na niego miłośnie, a z pyska zwisał mu sopel śliny.

– Pan się przyjaźni z panią ...cką – powiedział miękko.

– Owszem – powiedziałem. – O ile wiem, nie jest to zakazane?

– Jest – powiedział cicho.

I dodał:

– Ja pana proszę, żeby pan o niej zapomniał.

To było to drugie życie Bibiany. Gość pochodził z tego tajemniczego świata, w którym ona czasem znikała. Świata, który mi ją czasem zabierał na długo.

– A może to p a n by o niej zapomniał? – spytałem buńczucznie.

Spojrzał na mnie z bezbrzeżnym zdumieniem i na chwilę przestał pieścić łeb rottweilera. A potem uśmiechnął się. Był to najbardziej nieprzyjemny uśmiech, jaki widziałem w życiu. Wstał i ruszył bez słowa ku wyjściu, a za nim pomaszerował pies. Gość nie odwrócił się, wychodząc, ale zrobił to rottweiler. To także nie było przyjemne spojrzenie. Od stolika przy wejściu podniósł się Żaba i zanim wyszedł, również popatrzył na mnie przeciągle. To spojrzenie musiał podpatrzeć w jakimś trzeciorzędnym amerykańskim filmie. Uśmiechnąłem się do niego, co mu się wcale nie spodobało.

Morderca w deszczu

Żabę wkrótce zobaczyłem znowu. Otwierałem właśnie drzwi wejściowe do kamienicy, kiedy poczułem na plecach czyjś wzrok. Odwróciłem się. Po drugiej stronie ulicy stało bmw, a obok mój nowy znajomy. Zatem wiedzieli, gdzie mieszkam. Pomyślałem, że wkrótce przejdą do ofensywy.

Udałem się więc do sklepu, który sprzedawał tak zwane nadwyżki wojskowe – kurtki, spodnie, buty i inne akcesoria mundurowe, a także masę wszelakiego innego sprzętu militarnego. Do sklepu, położonego w mojej dzielnicy, zaglądałem niekiedy, bo odzież była tam na ogół solidna i stosunkowo tania. Hitem były jednak dziesiątki najróżniejszego rodzaju noży, które zawsze chciwie oglądali nastolatkowie o wyglądzie uczniów zawodówek. Niekiedy – i to wcale nie było zabawne – kupowali je. Preferowali tak zwane „motylki", czyli noże składane, z dwudzielną rękojeścią. Czasami widywałem w tym sklepie klientelę specyficzną – łysych w skórzanych kurtkach. Ci, prócz wysokich sznurowanych butów i noży, kupowali chętnie narodowe flagi i koszulki z orłem.

Wkrótce znalazłem to, czego szukałem: bandycką broń od dawna już niepopularną, żeby nie powiedzieć – staroświecką, zwaną ongiś „łamigłówką". Była to stalowa kulka na teleskopowo wysuwanej sprężynie, chowającej się w metalowej rurce. Wystarczyło wstrząsnąć ową rurką-rękojeścią, a w ręku pojawiała się bardzo groźna w użyciu, elastyczna pałka.

Wydawało mi się, że jestem przygotowany na spotkanie z Żabą, ale jakiś tydzień później dałem się zaskoczyć. Tego dnia strasznie padało. Szedłem spory kawałek w deszczu, stąd może brak czujności. Kiedy wreszcie, ociekając wodą, z ulgą otworzyłem drzwi do korytarza w mojej kamienicy, czekał na mnie zaraz za drzwiami – musiał więc wejść z którymś z mieszkańców.

Na szczęście nie trafił mnie zbyt celnie – nie wykluczam, że zareagowałem odruchem wyrobionym na ringu, podczas tych kilku miesięcy treningu bokserskiego odbytego na życzenie Pułkownika. Byłem wtedy w ostatniej klasie liceum i gdyby nie studia, być może bawiłbym się w to dłużej – podobno miałem talent. W boksie pociągała mnie konfrontacja z fizycznym niebezpieczeństwem, w której stopniowo dziwnie zasmakowałem.

Tak więc nie wykluczam odruchu, który być może uchronił mnie w konsekwencji od ciężkiego kalectwa. Lewa pięść Żaby, który był mańkutem, właściwie tylko otarła się o moją twarz. W ułamku sekundy sięgnąłem do kieszeni. Świsnęła sprężyna. Kiedy walnąłem go stalową kulką „łamigłówki" w wierzch powracającej dłoni, usłyszałem (albo mi się wydawało, że słyszę) trzask pękających kości śródręcza. Trafiłem mocno i celnie. Wiedziałem, że Żaba tej dłoni jeszcze długo nie zwinie w pięść, a być może nie uda mu się to nigdy. Kiedy zawył i stanął jak wryty, uderzyłem go lewą pięścią w splot słoneczny, a potem, puściwszy „łamigłówkę", kantami obu dłoni w obojczyki. Zgiął się wpół i jego obniżający się żabi pysk zetknął się z moim wystrzelającym w górę kolanem. Stęknął i zatoczył się w kąt korytarza. Ze zmiażdżonego nosa chlustała mu krew. Patrzył na mnie z mieszaniną przerażenia i zdziwienia. Podniosłem z ziemi „łamigłówkę". Zauważył to i zasłonił rękami głowę. Wywlokłem go z kąta jak wór i otworzyłem drzwi.

– Jak cię zobaczę jeszcze raz, skurwysynu, to cię zabiję – powiedziałem i wypchnąłem go na ociekający deszczem chodnik.

Kiedy upadł pyskiem w kałużę, z najwyższym trudem powstrzymałem się od rozbicia mu tej żabiej mordy do końca potężnym kopniakiem.

Agresja

– Ger, mogłem wczoraj zabić jednego gościa – powiedziałem.

Siedzieliśmy z Gerwazym w „Connemarze", ja piłem duże piwo, Gerwazy, który przyjechał tam na motocyklu, małe.

– Opowiedz – poprosił.

Opowiedziałem.

– Ger, ja chciałem mu potem dać kopa w twarz. Jak leżał na ziemi. Wyobrażasz sobie? Kopa w twarz. Ja – zakończyłem.

Gerwazy przyglądał mi się z odrobiną rozbawienia.

– Bo ty, bracie, wcale nie jesteś taki, jaki myślisz. Ty jesteś, bracie... pęknięty. Pewnie każdy by był, gdyby miał takich starych. Wyrosłeś na monogamicznego poczciwca, łagodnego historyka sztuki – owego „historyka sztuki" wymówił z lekkim obrzydzeniem – ale równie dobrze mogłeś wyrosnąć na wirachę, agresywnego sportowca, popijającego dziwkarza. I ten drugi, potencjalny, w tobie siedzi i czasem się... rozpycha.

Domorosła psychologia Gerwazego nie trafiła mi do przekonania, chociaż doceniłem jego elokwencję. Wyraźnie nie rozumiał wstrząsu, który przeżyłem, znajdując w sobie takie pokłady agresji. Czy podświadomie postrzegałem Żabę jako przedstawiciela świata, który zawłaszczał moją Bibianę i nie pozwalał jej być do końca moją?

Idąc do domu, dumałem nad tym, co powiedział Gerwazy. Na mojej drodze znalazła się grupka wyrośniętej młodzieży. Wszyscy bez wyjątku mieli na sobie owe monstrualne buty sportowe o estetyce łapci z lipowego łyka, które w owym czasie masowo produkowały najsławniejsze firmy i które były hitem na rynku trudnej młodzieży. Mimo listopadowego chłodu mieli na sobie cienkie bluzy z obowiązkowymi kapturami. Kiedy podszedłem, rozstąpili się w milczeniu, robiąc mi o wiele więcej miejsca, niż potrzebowałem.

A może Gerwazy miał rację? Postrzegałem siebie jako łagodnego faceta, a może wcale nim nie byłem? Może ci nastolatkowie widzieli we mnie tego drugiego, kipiącego agresją, zdolnego do wszystkiego gościa?

Nie ma Bibiany

Pamiętam, kiedy po raz pierwszy po wystukaniu jej numeru usłyszałem „Abonent czasowo niedostępny". Było to drugiego grudnia, w dzień jej imienin. Na wysłany do niej SMS nie otrzymałem potwierdzenia odbioru. I tak już miało zostać, ale wtedy jeszcze o tym nie wiedziałem. Czekałem cierpliwie. Zdarzało się przecież, że nagle wyjeżdżała, a potem dzwoniła i pytała, czy może przyjść.

Dwa dni przed Sylwestrem umówiłem się z Gerwazym w „Pantofelku". Lokal nazywał się tak, ponieważ jedynymi elementami jego wystroju były damskie buty. Stały pojedynczo w wiszących na ścianach szklanych kubikach, każdy odpowiednio podświetlony niewidocznym światełkiem. Wszystkie były używane i wszystkie miały bardzo wysokie obcasy. Wyglądały jak kolekcja jakiegoś fetyszysty i przypuszczalnie nią były. Gerwazy, który mawiał: „Kobiety trzeba brać takimi, jakie są – byle na szpilkach", lubił tam przesiadywać i na nie popatrywać. Przypuszczam, że wyobrażał sobie wtedy kobiece nogi. I całą resztę. Twierdził, że szpilki są kobietom niezbędne, ponieważ tylko noszenie wysokich obcasów wymusza pozycję kręgosłupa, przy której najlepiej prezentują się kobiece walory. Zabierał czasem do „Pantofelka" swoje nowe dziewczyny, żeby wysondować ich stosunek do perspektywy obucia ich w szpilki.

Gerwazy nie był w „Pantofelku" sam. Siedziała z nim dziewoja z wielkim biustem. „Arleta", przedstawił ją Gerwazy. Nie odzywała się. Kiedy poszła na siku, Gerwazy powiedział:

– Widziałeś jej dupę? Wielki cyc koreluje ze słabym wzrokiem, brakiem bioder i płaską dupą. Ona nosi pewne kontakty, ale widziałeś jej dupę? Fantastyczna. Prawie murzyńska. Rzadka sprawa.

– Ger – powiedziałem cicho – Bibiana zniknęła.

Spojrzał na mnie uważnie.

– Chyba nie pierwszy raz? – spytał.

– W taki sposób, to pierwszy – odpowiedziałem.

– Poprzednio zawsze dawała jakiś znak życia. Po

prostu nie chciała mnie widzieć przez parę tygodni.
I wiedziałem, kiedy mniej więcej wróci

– Jak długo jej nie ma?

– Trzy tygodnie.

Wiedziałem, że Bibiana nie zrobiła swego czasu na Gerwazym najlepszego wrażenia. Przyznał, że jest bardzo atrakcyjna, zauważył ją już dawno „na mieście", ale – jak stwierdził – „ciągnie się za nią jakieś nieszczęście". Nie podobała mu się jej tajemniczość. „Ona jest od początku do końca... wymyślona", powiedział kiedyś, ale nie sprecyzował, co ma na myśli. W miarę jednak, jak angażowałem się w ten związek, Gerwazy zmniejszał częstotliwość uszczypliwych komentarzy na jej temat. Nie żeby się do niej przekonywał – przypuszczam, że kierował się swoistym taktem i ratował w ten sposób naszą przyjaźń. To uczucie niechęci było odwzajemnione: urok Gerwazego zupełnie na Bibianę nie działał. „To pewnie kryptohomoseksualista", powiedziała kiedyś, ale nie potrafiła wyjaśnić, na jakiej podstawie doszła do tego wniosku. Być może po prostu reagowała tak na jego niechęć i wyraźny brak zainteresowania nią jako kobietą?

– Zawiadomiłeś policję? – spytał Gerwazy.

– Nie – powiedziałem.

– Dlaczego? Byłeś u niej w domu?

– Nie, nigdy.

Zdziwił się.

– Nie pozwoliła mi – wyjaśniłem.

– Ona prowadza się z taka małą czarną lesbijką – powiedział. – Są nierozłączne. Jak siostrzyczki. Nazywają ją Zuzu. Kiedyś ją posunąłem przez pomyłkę. Tfu. Pogadaj z nią.

To musiała być ta mała czarna pucołowata, z którą widziałem Bibianę przed szkołą.

Siostrzyczka

Odnalazłem ją na uczelni w pierwszych dniach stycznia. Ubrana i ufarbowana jak zwykle na czarno, w jednej z brwi miała metalowy ćwieczek. Była, zdaje się, wyznawczynią jakiegoś odłamu metalowej muzyki. Później zauważyłem też, że ma dziwnie podpiłowane przednie zęby.

– Cześć, Zuzu – powiedziałem. – Przyjaźnię się z Bibianą. Chcę z tobą pogadać.

Przyjrzała mi się uważnie, bez sympatii.

– To ty jesteś ten Karol? – spytała.

– Byś może ten – powiedziałem. – Spotykam się z nią od pół roku.

– Słyszałam parę razy waszą rozmowę przez telefon. Biba zniknęła trzy tygodnie temu – powiedziała Zuzu.

– Wiem. Jak to było? Opowiedz mi.

Spojrzała na mnie, oczy jej się zaszkliły. Nagle usiadła na ławce, koło której staliśmy.

– My mieszkamy razem, ale wiesz... Ona ma swoje życie, o którym mi nigdy nie opowiada... Znika czasami, ale zawsze zabiera rzeczy... Tym razem nic nie zabrała... – Nagle rozbeczała się. – Boję się o nią.

– Zawiadomiłaś policję? – spytałem.

W jej oczach zobaczyłem strach.

– Nie, i nie zawiadomię – powiedziała.

– Dlaczego? – spytałem.

– Bo nie. Cześć!

Wstała i poszła sobie.

Pawłowski

Wziąłem to więc na siebie. Spędziłem na komendzie z godzinę, odpowiadając na pytania mało bystrego policjanta, który w erze komputerów biedził się nad maszyną do pisania, pamiętającą czasy towarzysza Wiesława. Dziwił się, że zgłaszam zaginięcie osoby, o której prawie nic nie wiem. Istotnie, moja bogata wiedza o Bibianie nie obejmowała tych aspektów, które mogłyby zainteresować władze.

Śledczy zadzwonił do mnie na uczelnię. Od zgłoszenia zaginięcia Bibiany minęło ponad trzy tygodnie.

– Pawłowski – przedstawił się. – Prowadzę śledztwo w sprawie zaginięcia Bibianny ...ckiej. Czy pan mógłby się do mnie pofatygować?

Przyjął mnie na komendzie, w pokoiku, w którym był tylko stół, dwa klasyczne „thonetowskie" krzesła i metalowa szafa. Był otyły, lekko wymięty, pod oczyma miał ciemne worki. Zawał u tego gościa to tylko kwestia czasu, pomyślałem. Jego szary garnitur pamiętał czasy znacznie zgrzebniejsze niż obecne. Podał mi wielką, ciepłą łapę. Siedzieliśmy przez chwilę naprzeciw siebie. Patrzył na mnie sceptycznie.

– Mamy problem z tą pańską... Bibianną – powiedział. Jej imię wymówił, jakby nie chciało mu przejść przez usta i wyszło w końcu w cudzysłowie. – Nie mamy jej w ewidencji.

– A dlaczego mielibyście mieć? – spytałem. – Jeżeli nie popełniła przestępstwa?

– Pan nie rozumie. Nie mamy jej w ewidencji ludności.

– Ona nie jest stąd – powiedziałem. – O ile wiem, pochodzi z T.

– Sprawdzaliśmy tam – odpowiedział. – Także okolice T.

– Nie wymyśliłem jej sobie, jeżeli o to panu chodzi. Przecież uczelnia ma jej dane – powiedziałem.

– Owszem. Mamy jej dane z uczelni. Musiała na nie przedstawić jakieś dokumenty. Pan wybaczy, ale w tej kwestii wasza uczelnia nie jest dla nas zbyt wiarygodna.

– Co ma pan na myśli? – spytałem.

– Myślę, że przedstawiła lipny dowód. I lipne świadectwo maturalne. Które zresztą pod jakimś pretekstem zaraz wypożyczyła i nie oddała.

– Ale dlaczego miałaby to zrobić, na miłość boską?

Przyglądał mi się z namysłem.

– Tego nie wiem. Ale bardzo bym się chciał dowiedzieć. Niech pan mi da znać, jeżeli się odezwie, albo jeżeli pan sobie przypomni coś, co pomogłoby nam w jej identyfikacji.

Wracałem do domu z chaosem w głowie. Co ten glina wymyślił? „Nie mamy jej w ewidencji”. „Lipny dowód”? „Identyfikacja”? Jezus Maria.

Znowu Zuzu

Odnalazłem Zuzu. Na mój widok zrobiła w tył zwrot i usiłowała udać, że to nie ona. Dogoniłem ją.

– Zuzu, musisz mi pomóc. Mogę do was przyjść?

– Po cholerę? – spytała.

– Nie wiem, ale chcę się rozejrzeć, pogadać.

W moim głosie musiało być coś niezwykłego, bo po chwili wahania zgodziła się. Może sama miała potrzebę porozmawiania o Bibianie?

Jeszcze tego samego popołudnia przekroczyłem progi ich domu. Mieszkały w kamienicy, trochę podobnej do kamienicy babci Teodory. O dawnej świetności świadczył wykafelkowany korytarz na parterze. Kafelki były rzeźbione i układały się w sceny z polowań z udziałem koni i jeźdźców ubranych w szkarłatne fraki.

Zuzu pozwoliła mi zajrzeć do pokoju Bibiany. Był dość spartańsko urządzony. Wąskie łóżko, półka z książkami, małe biurko, komputer, sprzęt grający, toaletka. Podszedłem do półki. Większość książek dotyczyła religii i kultury. Było tam też kilka powieści. Fowles, Eco, Borges, Pérez-Reverte. Żadnych ozdób na ścianach, żadnych zdjęć w ramkach.

– Gliny już tu były – powiedziała Zuzu. – Zrobili straszny bajzel, ale już posprzątałam.

– Zabrali coś?

– Chyba nie. Oprócz twardego dysku z jej komputera.

– Zuzu – powiedziałem – ty coś wiesz o jej zniknięciu. Coś widziałaś tego dnia.

Rozpłakała się.

– Nie powiem ci. Nie mogę.

Nie nalegałem, chociaż nie miałem zamiaru się poddać. Zuzu już była trochę oswojona, ale nie do końca. Postanowiłem wrócić do sprawy później.

– Karol – powiedziała nagle cicho. – Mam coś, czego nie dałam glinom. Może powinnam.

– Co to takiego?

– Kalendarz Bi.

– Możesz mi go dać? – spytałem.

– A na chuj mi on. Bierz – podała mi go. – Oddaj im, jak uznasz, że trzeba. Powiedz, że zostawiła go u ciebie. Ja z nimi nie chcę mieć do czynienia, bo mają na mnie haka.

Lista podejrzanych

Kalendarz Bibiany trochę mnie rozczarował. Nie było w nim wiele wpisów. Dotyczyły terminów egzaminów, dat odbioru czegoś z pralni. Kilka z ostatniego pół roku dotyczyło mnie. Literką „K" i godziną Bibiana zaznaczała dni, na które byliśmy umówieni. Niektóre weekendy, te, w które wyjeżdżała, zaznaczone były literkami „RS".

Zadzwoniłem do Pawłowskiego i opowiedziałem mu o kalendarzu.

– Dobrze się składa, że pan dzwoni – powiedział.

– Muszę z panem porozmawiać. Pilnie.

Skierowano mnie do tego samego pokoju, co wtedy. Czekał już na mnie. Tym razem nie podał mi ręki. Wyglądał jeszcze bardziej niezdrowo – o ile to było w ogóle możliwe. Na krawacie miał wielką, tłustą plamę.

– Znaleźliście ją?

Spojrzał na mnie ze zdziwieniem.

– *Madonnę?*

– Jaką *Madonnę?* Bibianę! Przecież pan szuka Bibiany ...ckiej.

– Szukam ich obu – powiedział zmęczonym głosem. – Te dwie sprawy... mogą się ze sobą łączyć.

Nic nie rozumiałem.

– Dlaczego?

– Dowie się pan w swoim czasie. – Nagle stał się bardzo oficjalny. – Gdzie pan był w sobotę 24 października zeszłego roku po południu?

Był to dzień kradzieży *Madonny.*

– Chyba pan nie myśli... Przecież już byłem przesłuchiwany w tej sprawie, razem z profesorem Bandurą – zacząłem się jąkać.

– Niech pan odpowie na pytanie.

– Byłem... byłem przez większość dnia w domu.

– Czy może to ktoś potwierdzić?

– Oczywiście, że tak... Nie... Przynajmniej na razie nie. Spędziłem ten dzień z panią ...cką.

Spojrzał na mnie przeciągle.

– Co robiliście?

– Cały dzień wtedy padało. Robiliśmy to, co zwykle, jak siedzimy w domu. Oglądaliśmy telewizję. Obejrzeliśmy film na wideo. Słuchaliśmy Trójki. Kochaliśmy się. Noc spędziliśmy razem. Ja już o tym wszystkim policji mówiłem w październiku.

Była to prawda. Dużą część dnia spędziliśmy wtedy w łóżku.

– Czy jestem podejrzany o kradzież *Madonny*?

– Powiedzmy, brany pod uwagę.

– Ale dlaczego, na miły Bóg?

Spojrzał mi prosto w oczy.

– Są nowe okoliczności. Poza tym jest pan jedną z kilku osób, które znają kod alarmu i zamka w kaplicy.

Szumiało mi w głowie. Niczego nie rozumiałem.

– Ale przecież złodzieje po prostu wyłączyli we wsi prąd...

Spojrzał na mnie pobłażliwie.

– Kamuflaż. Zasłona dymna. Instalacja ma niezależne zasilanie. Weszli do kościoła normalną drogą. Instalacja nie zadziałała, bo ją wyłączyli.

– A... okienko w krypcie?

– Wyłamali od środka. Od zewnątrz by się nie dało. Solidna belgijska robota.

Przyglądał mi się uważnie.

– Czy oprócz pana znał ktoś te kody?

– No przecież wiecie... profesor Bandura. Ale jego chyba nie podejrzewacie?

Gdy to powiedziałem, przyszedł mi do głowy domniemany sztylet mistrza de la Valette. Pawłowski uśmiechnął się krzywo.

– Bierzemy pod uwagę wszystkich. Uczonych zwłaszcza. U nich jest większy odsetek odchyleń od normy.

– Ale po co profesor miałby...

– Niczego nie wykluczamy. Może na zlecenie tego, jak mu tam... Szafira? Bardzo majętny człowiek.

Absurdalność tego wszystkiego poraziła mnie.

– A kuria? Miała te kody w takiej kopercie...

– Owszem. U biskupa w sejfie. Jego też bierzemy pod uwagę. Ale... jakby mniej.

– A proboszcz?

– Zaklina się, że dał tylko profesorowi.

Zrobiło mi się gorąco.

– Czy jestem zatrzymany?

– Na razie nie. Profesor też nie ma alibi.

Siedziałem osłupiały, a procesor w mojej głowie ledwo sobie radził z nadmiarem informacji.

– Jedno jest tu dziwne – powiedział nagle Pawłowski. – To. – I podał mi plik zdjęć w formacie zbliżonym do A4. Mimo postępów fotografii cyfrowej, policja polska w dalszym ciągu posługiwała się tradycyjną, i to czarno-białą.

– Co to... co to jest? – wyjąkałem, ale widziałem wyraźnie, co to było. Splądrowany sarkofag hrabiny Baranieckiej w krypcie kaplicy. O tym prasa w ogóle nie wspomniała, nie mówił mi nic o tym Bandura. Może sam nie wiedział? Przeglądałem zdjęcia w osłupieniu.

Alabastrowa pokrywa została zsunięta i zrzucona; w środku musiała być jakaś trumna, bo na podłodze walały się długie deski. Między nimi

widać było bezładny kłąb ciemnej tkaniny wy-
kończonej koronkami. Na zbliżeniach widać było
wystające tu i tam kości: sczerniałą kiść dłoni, pisz-
czel, leżącą na boku czaszkę z wyszczerzonymi,
nierównymi zębami. Jedno ze zbliżeń pokazywało
wyryty na boku sarkofagu inicjał i koronę nad nim.
Odruchowo przeliczyłem pałki korony. Było ich
siedem. Zaraz, zaraz – czy nie powinno ich być
dziewięć?

– Jak pan myśli, czego szukali? – przerwał moje
rozmyślania Pawłowski.

– Nie wiem... może biżuterii? – powiedziałem.

– Nie sądzę. Niech pan spojrzy. – I pokazał mi
zbliżenie kości ręki, na którym wyraźnie widać było
trzymający się na palcu pierścień.

– Coś takiego całkowicie eliminuje Profesora!
– krzyknąłem. – Przecież on by czegoś takiego nie
zrobił!

Pawłowski popatrzył na mnie przeciągle.

– To znaczy, że pan dopuściłby możliwość kradzieży obrazu przez niego?

Złapał mnie.

– Nie, skąd... Chciałem tylko powiedzieć, że nie
mógłby być hieną cmentarną. – Zaplątałem się całkowicie.

Pawłowski patrzył na mnie w zamyśleniu.

Pułkownik

Profesor? Złodziejem? Nie mogłem w to uwierzyć. Z drugiej strony... swego czasu przecież
ukradł. Po pijanemu, ale ukradł. Chociaż on to jakoś
inaczej wtedy nazwał. Jak to było? „Przewłaszcze-
nie". Uważał, że pewien przedmiot tam, gdzie jest,
nie otrzymuje należnej mu uwagi... Po co jednak
miałby zabierać *Madonnę*? Co miałby z nią zrobić?
A dewastacja sarkofagu? To zupełnie nie miałoby
sensu.

Poszedłem do Pułkownika. Była siódma wieczór,
więc był już po paru drinkach. Nie był pijany, tylko
rozluźniony. Siedział przed telewizorem i oglądał
mecz piłkarski.

– Tato, podejrzewają, że to ja ukradłem ten
obraz. Wiesz, *Madonnę* – powiedziałem.

– A ukradłeś? – spytał.

– Nie.

– Więc czym się przejmujesz?

– Bo pozory przemawiają przeciwko mnie. –
I opowiedziałem mu o systemie alarmowym i jego
zabezpieczeniach.

– To ten twój profesor – powiedział zdecydowa-
nym tonem. – Taki nawiedzony jest zdolny do
wszystkiego. – Nie po raz pierwszy zdałem sobie
sprawę, że przez Pułkownika przemawia zazdrość.
Bo to w końcu nie on został moim mistrzem, na co
liczy pewnie każdy ojciec.

– Nie wierzę – bąknąłem, aczkolwiek trochę niepewnie. – Przecież nie jest hieną cmentarną.

– Chyba że w ten sposób chciał odwrócić uwagę – powiedział Pułkownik.

Siedzieliśmy w milczeniu.

– Tato, jest jeszcze coś – powiedziałem. – Bibiana zniknęła.

Po raz pierwszy oderwał wzrok od ekranu.

– To gorzej – powiedział. – Kiedy?

– Jeszcze w grudniu. Niczego ze sobą nie zabrała. – Popatrzył na mnie uważnie.

– To dlatego nie przyprowadziłeś jej na Wigilię... Zawiadomiłeś policję? – spytał.

– Tak.

– Pogadam z Dudą – powiedział Pułkownik.

Duda, a właściwie generał Duda, był jednym z nielicznych kumpli Pułkownika, którzy byli jeszcze w grze. Wszystkich innych wiatr historii zmiótł za boczną linię. Dlaczego nie? – pomyślałem. Interwencja Dudy mogła tylko pomóc.

– Dzięki, tato – powiedziałem.

Kiedy wychodziłem, spytał:

– A... Małgosia – masz z nią jakiś kontakt?

– Nie mam – powiedziałem. – I nie będę miał. Nie ma powrotu. Bo to tak, jakbym... – spojrzałem na ekran telewizora – przeszedł do wyższej ligi, rozumiesz?

– Rozumiem doskonale. Co nie znaczy, że pochwalam – powiedział.

Zaskoczył mnie, nie po raz pierwszy ostatnio. Podświadomie, zapewne pod wpływem matki, a zwłaszcza babci Dębickiej, odmawiałem mu większego formatu intelektualnego. Ale dziadek Antoni, były kawalerzysta, który swego czasu – jak wiedziałem – rozstrzygnął wątpliwości matki na korzyść Pułkownika, był mądrym i przenikliwym gościem i nie mógł mylić się tak bardzo. Babcia Teodora utrzymywała, że jej mąż zakończył rozterki córki, mówiąc: „To przecież oficer", jakby samo to stanowiło gwarancję odpowiedniego formatu starającego się. „Nie wziął pod uwagę, że to oficer ludowego wojska, z awansu", dodawała babka z niesmakiem. Przekonany jednak byłem, że dziadek był lepszym sędzią ludzkich charakterów i zobaczył w Pułkowniku więcej niż jego uprzedzona żona.

Dziadek Antoni

Dziadek był we wrześniu 1939 roku dowódcą trzeciego szwadronu 11. pułku strzelców konnych i wziął udział w sławnej szarży pod Wolą Biernacką, w której pułk ów zmasakrował batalion niemieckiej piechoty i wziął kilkuset jeńców. Babcia Teodora mówiła, że dziadek był bohaterem tej szarży; sugerowała wręcz, że to on rozstrzygnął bitwę na korzyść polskich kawalerzystów. Nie potrafiła jednak wyjaśnić, dlaczego nie otrzymał za nią stosownego odznaczenia. Sam dziadek nie chciał na ten temat nic mówić.

Kiedy miałem trzynaście lat, w biblioteczce Pułkownika znalazłem wydane w Londynie *Dzieje 11. pułku strzelców konnych*. Dziadek wymieniony był w nich tylko raz, w opisie rzeczonej szarży.

> Kiedy dowódca pułku wydał rozkaz natarcia, dowódca 3. szwadronu, rtm Dębicki, odmówił wzięcia w nim udziału. Płk Waligórski wyznaczył na dowódcę szwadronu por. Okulicza, a rtm Dębickiego kazał wziąć pod straż do czasu sądu polowego. Ostatecznie jednak rtm Dębicki wziął udział w bitwie, a sąd wojenny odstąpił od wymierzenia kary.

Kiedy poszedłem z tym do dziadka, powiedział: „A nie piszą tam, że ze strachu się posrałem? Bo tak było". Był to jego jedyny komentarz.

Dziadek spadł wtedy ostatecznie z piedestału, na którym postawiłem go w dzieciństwie i na którym już wtedy ledwo stał. A ledwo stał, ponieważ rok wcześniej nakryłem go w sytuacji intymnej z córką sąsiadki, niejaką Marylką.

Marylka była studentką, która dorabiała sobie sprzątaniem. U nas myła czasami okna. Któregoś dnia przyszedłem ze szkoły wcześniej niż zwykle i zajrzałem do pokoju dziadka, który niedomagał i był sam w domu; babka przebywała wówczas w sanatorium.

Drzwi były uchylone. Bóg mnie ustrzegł, że nie popchnąłem ich z radosnym powitaniem, tylko zajrzałem do środka. Dziadek siedział w fotelu na wprost drzwi, ale widziałem tylko jego dłonie. Błądzące po pośladkach stojącej przed nim, tyłem do mnie, nagiej dziewczyny. Marylka miała wąską kibić, dość szerokie biodra i wydatną pupę, ale długie nogi powodowały, że od tyłu prezentowała się jak najładniejsze modelki w matczynych albumach malarstwa, w których akty budziły wówczas we mnie najwięcej emocji. Jej ubranie leżało obok na podłodze.

Cofnąłem się z przerażeniem. Nie potrafiłem zinterpretować sensu tego, co widzę, ale wiedziałem, że jest to w jakiś sposób nie w porządku. Że babcia Teodora na pewno by tego nie pochwaliła. Że dziadkowi Antoniemu, sławnemu kawalerzyście, coś takiego nie przystoi. Przez uchylone drzwi mojego pokoju widziałem potem, jak Marylka wychodzi, chowając coś do torebki.

Pod moimi powiekami utrwalił się wtedy obraz tego pięknego kobiecego posterioru, a przywoływany wieczorem w łóżku nie pozwalał zasnąć. Wiele lat później zdałem sobie sprawę, że tyłek Marylki Kaczmarek wyznaczył mi pewien wzorzec urody tej części damskiej anatomii, wzorzec, którego poszukiwałem potem bezskutecznie przez lata.

Wkrótce po tym moim zdemaskowaniu go nie tylko jako zboczeńca, ale też jako tchórza, dziadek zmarł. Byliśmy wtedy za granicą, w związku z dyplomatyczną karierą ojca. Nie chciałem jechać na jego pogrzeb. Żywiłem do niego urazę nawet po śmierci.

Na mój prywatny piedestał dziadek Antoni powrócił kilka lat później, kiedy towarzysz broni dziadka, ów Okulicz, zresztą kawaler Virtuti, opowiedział mi, jak było. Kiedy szwadron odjechał i do dziadka i strzegących go dwóch strzelców doszły odgłosy walki, dziadek Antoni wyrwał się im, wskoczył na swojego konia i wrzeszcząc coś, ruszył w ślad za szwadronem, a dwaj strzelcy za nim. Dziadek pogalopował drogą i wkrótce dogonił jadące wolno dwa odkryte łaziki, wiozące oficerów niemieckich. Próbowali oni zorganizować obronę piechocińców, którzy rozpierzchli się po krzakach, gdzie padali łupem naszych kawalerzystów. Dziadek wyjął szablę i wyprzedzając łaziki, wrzeszcząc straszliwie, ciął dwa razy po kierowcach, „absolutnie regulaminowo, w prawo od ucha, jakby ciął łozy na konkursie Militari", według słów Okulicza. Po chwili oba pojazdy były już w rowie, a dziadek odrzucił szablę, zeskoczył z konia, wyjął visa i powystrzelał Niemców, gramolących się z rozbitych samochodów. Wszystkich oprócz najwyższego ran-

gą, któremu wytrącił z ręki pistolet, przystawił lufę
do głowy i zaczął wlec, zakrwawionego, drogą,
klnąc cały czas i pomstując. Jadący za nim dwaj
strzelcy również zeskoczyli z koni i nie wiedząc, co
robić, na wszelki wypadek szli za nim z wycelowa-
nymi karabinkami. Widząc tak „zaaresztowanego"
swojego pułkownika, piechurzy niemieccy zaczęli
wyłazić na drogę z podniesionymi rękami. I taki był
koniec tej bitwy. Okulicz potwierdził, że czyn dziadka przesądził o losach szarży.

Często próbowałem sobie dziadka wyobrazić.
Nie miałem wątpliwości, że ogarnął go bitewny szał,
że stał się zdolnym do wszystkiego i gardzącym
śmiercią (która wszak i tak była mu pisana) „ber-
serkiem", jak takich wojowników określali wikingo-
wie. W bezpośrednim starciu z kimś takim nie-
szczęśni Niemcy nie mieli żadnych szans, bo nie
imały się go kule.

Ciekawostką jest to, że ów pułkownik, którego
Niemcy odbili z polskiej niewoli, odnalazł potem
ojca w oflagu i podziękował... za uratowanie życia.
Był bowiem jedynym oficerem niemieckim, który
wyszedł cało z masakry pod Wolą Biernacką.

Topielica

Sprawa sarkofagu hrabiny Baranieckiej nie dawała mi spokoju. Zadzwoniłem więc do Grubego i spytałem, czy jego zdaniem na początku dziewiętnastego wieku ktoś mógłby pomylić koronę hrabiowską z baronowską do tego stopnia, żeby umieścić niewłaściwą na sarkofagu.

– No co ty. Wiesz, jakie te rzeczy miały dla tych ludzi znaczenie? To mniej więcej tak, jakbyś dziś do profesora powiedział „panie magistrze".

Kiedy opisałem mu swoje wątpliwości, powiedział:

– Sprawdź no tych Baranieckich u Wójcika. Może tam jednak leży jakaś baronowa albo baronówna.

Mówił o *Genealogii utytułowanej polskiej szlachty* Wójcika, dziele powszechnie uważanym za miarodajne. Wypożyczyłem i zajrzałem. Dowiedziałem się, kiedy i od kogo Baranieccy dostali swój tytuł, a także znalazłem szczegółowe drzewo genealogiczne Baranieckich. Studiując je, znalazłem taki oto wpis:

Konstanty hr. Baraniecki *1762 †1812
1. Tekla Ossolińska *1770 †1801
2. Teofila bar. Behr *1778 †1812

Gruby miał więc rację. W sarkofagu nie spoczywały zwłoki babci autorki pamiętnika, ale drugiej żony jej dziadka. Z baronowskiej rodziny Behrów, zapewne niemieckiej, bo – jak sprawdziłem w indeksie nazwisk – nigdzie indziej w *Genealogii* nie występowała. Przedziwnym zrządzeniem losu inicjały nieboszczki mogły być interpretowane dwojako.

Zdjąłem z półki *Pamiętnik szlachcianki*. Jak mogłem przeoczyć fakt powtórnego ożenku dziadka Antoniny? Wziąłem się systematycznie do lektury. Nie przeoczyłem tej informacji, jej tam po prostu nie było. A właściwie była, tylko ukryta między wierszami. Nieszczęsna Teofila, zakatowana przez kirasjerów generała Souris, występowała tam zawsze jako „babka", nie zaś „moja babka" lub „babcia". W innym miejscu znalazłem wzmiankę, która umknęła mojej uwadze podczas czytania *Pamiętnika*: „Mój ojciec, który nigdy nie znał swojej matki...". Otworzyłem jeszcze raz *Genealogię*. Tekla Ossolińska zmarła w 1801, a więc w roku urodzenia swojego syna Antoniego Napoleona. Pomyślałem, że w połogu, co było wówczas dość częste. Tak więc baronówna Behr była dla niego tylko macochą, i to krótko. Po chwili znalazłem jeszcze jedną bardzo interesującą wzmiankę:

Mój ojciec zawsze przestrzegał mnie przed zbliżaniem się do wody, której sam panicznie się lękał. Dziś wiem, że mogło to mieć związek z losem, jaki stał się udziałem mojej nieszczęśliwej babci.

Mógł być jeden powód, dla którego Antonina, pisząca tak wiele o swoich przodkach, nie rozwodziła się nad śmiercią Tekli Ossolińskiej. Bo była to śmierć wstydliwa. Czy w depresji popołogowej? Samobójstwo tłumaczyłoby brak jej szczątków w kaplicy Kościejów. Pochowano ją za płotem cmentarza albo – zważywszy na okoliczności śmierci – nie pochowano jej w ogóle, ponieważ woda nie zawsze zwraca ciała topielców... Może miała skłonności depresyjne, czyli, jak to wówczas mówiono, cierpiała na melancholię? Jedynaczka sławnego generała, późne, a więc rozpieszczane dziecko, sama została matką w wieku jak na owe czasy podeszłym, bo trzydziestu jeden lat. Jakie miało to wówczas znaczenie? A jej ożenek z przedstawicielem galicyjskiego rodu o świeżym tytule? Czy generał akceptował swego zięcia? Czy fakt, że był także wojskowym, miał dla niego znaczenie? Były to rozważania jałowe i zdałem sobie z tego nagle sprawę. Jak i z tego, że na to małżeństwo patrzę przez pryzmat zupełnie innego.

Nagle doszło do mnie, dlaczego krypta grobowa w praszowickim kościele jest taka pusta. Leżał tam generał, który przybył w te strony jako wdowiec i nabył majątek w połowie osiemnastego wieku. Szczątki jego jedynej córki leżały gdzieś pod płotem albo nigdy nie zostały pochowane. Z kolei szczątki jej męża zgniły zapewne w zbiorowym grobie żołnierskim pod Berezyną, a szczątki wnuka generała pod Iganiami. Prawnuczkę Antoninę, która spędziła znaczną część życia w Praszowicach, pochowano u boku męża, Maksymiliana Scherra, na Pomorzu, a jej matkę w Wielkopolsce, skąd pochodziła. Dzieci Antoniny sprzedały majątek i wyniosły się daleko, daleko. Tak więc smętny generał miał za jedyną towarzyszkę życia wiecznego niemiecką baronównę, której nawet nie znał... Co za ironia.

Zacząłem szukać wzmianki o *Madonnie z konwalią*. Znalazłem jedną: w opisie wyjazdu jej ojca na bitwę, z której miał już nie wrócić.

W niespokojnym roku 1831 bawiłam z matką u jej rodziny w Wielkiej Polsce. Ojciec mój, który chodził z artylerią pod generałem Prądzyńskim, przyjechał do Praszowic, spodziewając się tam nas zastać, ale już byłyśmy wyjechały. Wyruszając z powrotem do pułku, kilka dni przed swoją śmiercią wpisał mi coś do sztambucha, który znalazł w moim pokoiku. Nie wiedziałam o tym, a sztambuch zawieruszył mi się na wiele lat. Kiedy go znalazłam i odkryłam wpis dokonany ukochaną ręką Ojca, popłakałam się rzewnie. Wzruszył mnie pamięcią o bajkach, które mi opowiadał w dzieciństwie, i nie ma znaczenia, że ja je zapomniałam; ważne jedynie, że oddał mnie wtedy w opiekę naszej praszowickiej Madonnie. Myślę teraz, że fortunnie, bo wiele razy w życiu czułam jej niewidzialną rękę na mym czole.

Podejrzenia

Pawłowski zadzwonił do mnie pewnego wieczora w lutym i spytał, czy wśród gości, których woziłem do Praszowic z polecenia Bandury, był ktoś z kamerą filmową. Wytężyłem pamięć.

– Pamiętam jednego Niemca z Moguncji... nazywał się Humbach czy jakoś tak.

– Doktor Hauptbach – powiedział Pawłowski.

– Być może. Był tam kiedyś z Profesorem i ze mną i filmował wszystko. Dlaczego pan pyta? – spytałem.

– Zapraszam pana do Praszowic – powiedział.

Pojechaliśmy tam dwa dni później policyjnym passatem. Po drodze rozmawialiśmy o pasjonującej całą Polskę aferze politycznej, smętnej kondycji polskiej piłki nożnej i skorumpowaniu policji drogowej, co do której Pawłowski nie miał większych złudzeń. Po przybyciu na miejsce komisarz poprosił mnie o wyłączenie instalacji. Kiedy zacząłem naciskać guziki, krzyknął, żebym się odwrócił. Był oddalony jakieś dziesięć metrów.

– Czy Hauptbach stał tu może z kamerą? Albo trochę bliżej, albo dalej?

Nie potrafiłem mu pomóc.

– Umieścili klawiaturę z boku framugi, żeby trudniej było podejrzeć kod. Ale jak się stanie tu, z kamerą pod tym kątem i najedzie zoomem, to można go sfilmować – wyjaśnił.

– Panie komisarzu – powiedziałem. – Przypomniałem sobie, że jak mieliśmy konferencję w pałacu w Sikorniku i przywieźliśmy tu naszych gości, to kilku z nich miało kamery.

Zaklął.

– Pamięta pan, kto to był?

– Nie bardzo... Pamiętam tylko profesora Żyłę z Poznania... Może profesor Bandura będzie pamiętał?

– A bywali tu jacyś Francuzi? – spytał nagle.

– Chyba nie... Nic o tym nie wiem... Dlaczego pan pyta?

– Tuż przed włamaniem kręcił się tu jakiś samochód na francuskich blachach, ale to pewnie przypadek – odpowiedział w roztargnieniu.

– Jeszcze jedno – powiedział Pawłowski, kiedy dojechaliśmy z powrotem do miasta. – Pan ma takiego lokatora. Na Kaletniczej. Gustaw ...wicz. Niech pan mi o nim opowie.

– Przykro mi, że sprawię panu zawód – powiedziałem. – Nic o nim nie wiem. Poza tym, że ma osobliwy i mocno staroświecki gust.

– Jakby pan coś zauważył albo sobie coś przypomniał, proszę dać mi znać – powiedział oficjalnym tonem.

– O co chodzi? Czy on też jest podejrzany w związku z tą kradzieżą? – Pawłowski pochylił się i otworzył drzwi samochodu po mojej stronie.

– Do widzenia panu – powiedział.

Kiedy odchodziłem, wychylił się nagle z okna samochodu.

– I jeszcze jedno – powiedział. – Czy zawiózł pan kiedyś do Praszowic tę... Bibiannę?

Diabelska Pawlak

Pełne znaczenie pytania Pawłowskiego dotarło do mnie, nie wiedzieć dlaczego, następnego dnia na wykładzie z rzemiosła artystycznego z IV rokiem. Miałem ten wykład co dwa tygodnie i jego okrasą były moje prywatne zapasy ze studentką Pawlak Lucyną. Ta niebrzydka dziewczyna uparła się, żeby przyprawiać mnie o rumieniec. Zawsze siadała w pierwszej ławce. Wszystko zaczęło się od tego, że któregoś dnia podniosła rękę i spytała, czy może na chwilę wyjść. Kiedy wróciła, na każdej z powiek wymalowane miała czerwone serduszko. Postarała się, żebym tylko ja je zobaczył. Kiedy zaczerwieniłem się i na chwilę straciłem wątek, uśmiechnęła się triumfująco. Dwa tygodnie później rozpięła bluzkę i pochyliła się, dając mi głęboki wgląd w swój dekolt. Piersi w miękkim staniku miała duże i ciężkie. Znów jej się udało, znów uśmiechnęła się triumfująco. Powtórzyła ten numer na kolejnym wykładzie, ale teraz byłem na to przygotowany. Spojrzałem obojętnie i mówiłem dalej. Była zła. Na następnym wykładzie miała na sobie żakiet, który nagle zdjęła. Pod prawie przezroczystą bluzką nie miała stanika. Przez cieniutki materiał prześwitywały jej duże, ciemne brodawki. Patrzyła mi w oczy. Zmieszałem się i zapomniałem na moment, o czym mówię. Uśmiechnęła się z triumfem i założyła żakiet.

O dziwo, wcale nie chciała ze mną bliższego kontaktu. Kiedy postanowiłem odbyć z nią dyscyplinującą rozmowę, nie dała się podejść. Znikała z korytarza natychmiast, gdy się na nim pojawiałem.

Tym razem wykład odbywał się w innym pomieszczeniu, ponieważ zamieniłem się z kolegą, pragnącym wykorzystać sprzęt wizualny w mojej sali. W pomieszczeniu tym były wysokie, nieco oddalone od katedry stoły. Studentka Pawlak jak zwykle siadła w pierwszym rzędzie i widocznie zdała sobie sprawę, że oto po raz pierwszy ma okazję zaprezentować mi dolną połowę swojego ciała.

I wtedy gest jednej ze studentek w drugim rzędzie, która położyła głowę na ramieniu swojego długowłosego towarzysza, przywołał wspomnienie Bibiany. A właściwie jednego jej gestu. Tego, który tak mnie zaskoczył podczas naszego pierwszego wspólnego wypadu. Gestu, który mi powiedział, że będę tę kobietę jak ze snu niedługo miał.

Przecież to się stało w momencie, kiedy wstukiwałem kod wyłączający alarm w kościele... A później, kiedy wciskałem klawisze kodu zwalniającego elektromagnetyczny zamek kaplicy Kościejów, stała za moimi plecami... J e z u s   M a r i a.

Ogłosiłem przerwę w wykładzie i wyszedłem na dwór. W głowie mi huczało. Czy byłem aż takim idiotą? Jeleniem? A ona – czy była szczwaną, przebiegłą przestępczynią? Jedno było pewne: w samej kradzieży nie brała udziału – była wtedy ze mną... Zrobiło mi się zimno. Musiałem wracać do sali wykładowej.

Mówiłem coś o wpływie Hepplewhite'a na meblarstwo, a w głowie mi huczało i kłębiły się myśli. Czy jej czułość była udawana? Czy wszystko było pozorem i miałem do czynienia wyłącznie z miłosną mechaniką?

Kątem oka zarejestrowałem coś jaskrawo czerwonego. To studentka Pawlak siedziała z nogami na tyle rozchylonymi, żebym widział jej czerwone koronkowe majtki. Spojrzałem tam i machinalnie zauważyłem, że jej nogi są wcale kształtne. Mówiłem, ale myślami byłem przy Bibianie.

Diabelska Pawlak przeszła do ofensywy. Podniosła rękę i spytała, czy może wyjść. Kiedy wróciła, na jej ustach błąkał się uśmieszek. Usiadła i zsunęła się nisko na krześle. Kiedy kończyłem wykład, spojrzałem pod jej ławkę, wiedząc, co tam zobaczę. Istotnie, nogi miała rozchylone, a spomiędzy nich wystawało ciemne runo. Kiedy zobaczyła, że patrzę, rozchyliła je jeszcze bardziej, tak, żebym zobaczył wystające z runa pofałdowane różowe płatki.

Nie zaczerwieniłem się, nie straciłem wątku. Wszystko nagle straciło znaczenie wobec tego jednego pytania: czy Bibiana mnie oszukała?

Studentka Pawlak wyszła z sali ostatnia. Drzwiami trzasnęła tak, że posypało się trochę tynku.

Kusicielki

Jakiś czas potem zastałem na automatycznej sekretarce wiadomość od Gustawa ...wicza. Prosił o kontakt. Dwa dni później wybrałem się na Kaletniczą, żeby zobaczyć, jak postępują prace na strychu kamienicy babci Teodory. Po rozmowie z majstrami zaszedłem na pierwsze piętro sprawdzić, czy mój lokator jest w domu. Miałem wyrzuty sumienia, bo powinienem był go uprzedzić.

Była dziesiąta rano. Otworzył mi drzwi w długim pikowanym szlafroku koloru starego burgunda. Był zaskoczony. Chwilę się wahał, po czym z lekkim ociąganiem zaprosił mnie do środka. Rozglądnąłem się z ciekawością. Była to moja druga wizyta u niego i ciekaw byłem, jak urządził pokój.

Łoże z baldachimem w dalszym ciągu stanowiło dominantę w pomieszczeniu. Jego zasłony były zaciągnięte. Naprzeciw drzwi, na tej samej ścianie, co łoże, znajdowały się też dwa ciężkie fotele, a między nimi prześliczny stoliczek do szachów, oświetlony stojącą lampą. Ciężka biblioteka wypełniona książkami i masywny stół z czterema krzesłami dopełniały umeblowania. Ciemnozielone ściany były niemal puste – tylko między oknami wisiał portret melancholijnego mężczyzny w czarnym fraku i białym halsztuku. Gestem dłoni ...wicz zaprosił mnie na jeden z foteli. Spytałem, w jakiej sprawie chciał się kontaktować. Okazało się, że chce położyć nowe kafelki w kuchni i potrzebuje mojej akceptacji.

Poddałem oględzinom stoliczek. Była to subtelna snycerska robota, intarsjowany w szachownicę blat nosił ślady intensywnego użytkowania. Stojąca na nim szklanka z sokiem zostawiła na pewno kolejny ślad.

– Koniec szesnastego wieku – powiedział spokojnie Gustaw. – Gra pan w szachy?

– Nie – odpowiedziałem.

– Szkoda, to bardzo pouczająca gra.

– Nie żal panu tego stoliczka? – spytałem.

Nagle od strony łoża dobiegł stłumiony chichot. Spojrzałem w tamtym kierunku. Zasłony rozchyliły się i spomiędzy nich wyłoniły się dwie kobiece główki, jedna nad drugą. Przyglądały mi się z ciekawością. Dziewczyny były ładne, ale na dwa różne sposoby. Ta na dole była ognistą, zmysłową brunetką, ta na górze błękitnooką, pszeniczną blondynką. Blondynka powiedziała:

– Gustaw, *mnie nada w tualiet.*

– *Idi* – zezwolił.

Dziewczyny zniknęły, a po chwili blondynka wyszła spomiędzy zasłon. Była nagusieńka. Przedefilowała obok nas i pomaszerowała w stronę łazienki niespiesznym krokiem, świadoma naszego wzroku. Była doskonale zbudowana, idąc na palcach przesadnie podkreślała pracę pośladków. ...wicz uśmiechnął się lekko. Pierwszy raz widziałem cień uśmiechu na jego twarzy.

Przyniósł próbki kafelków. Miały, oczywiście, tradycyjny błękitny holenderski wzorek. Kiedy je oglądałem, blondynka wyszła z łazienki. Świadoma doskonałości swojej nieco cukierkowej urody, nie próbowała niczego zasłaniać. Patrzyła na mnie z wyzywającym uśmiechem. Po prawej stronie podbrzusza miała spory tatuaż. Był to czarny skorpion, ze szczypcami zwróconymi w dół i częściowo schowanymi w złotym runie. Idąc do łóżka, blondynka wdzięcznym ruchem zgarnęła z krzesła stojącego przy stole stos damskich łaszków, których nie zauważyłem wcześniej.

Kiedy zakończyliśmy rozmowę i wstałem, żeby się pożegnać, dziewczyny wyszły zza kotar łóżka. Były już ubrane. Brunetka była nieco wyższa, nieco masywniejsza, może nawet pulchna. Miała ciężkie, kołyszące się piersi. Poczułem żal, że nie zachciało jej się siusiu.

...wicz zawahał się, ale kindersztuba zwyciężyła.

– Pan Karol ...ski – przedstawił mnie. – Agłaja. I Ketino.

Ukłoniłem się.

– Dzień dobry i do widzenia.

Wyszedłem lekko oszołomiony.

Sukinsyn, pomyślałem z uznaniem i zazdrością o ...wiczu. Marzy o tym większość mężczyzn, a on to robi...

Bączek

Pod koniec lutego do kraju wrócił Bączek. Był to serdeczny kumpel Gerwazego z Politechniki, znany komputerowy magik. Zaniosłem mu broszurkę z Museo dei Cappuccini i pokazałem malutką reprodukcję obrazu Passerotta. Oglądał ją przez chwilę.

– No, jest taki program... Nazywa się *Fuzz Remover*. Zamienia rozmyte linie na ostre. Ale zniekształca. Mogę ci to powiększyć, ale za efekt nie ręczę. Będą przekłamania. Zawsze są.

Bączek był ciekawym gościem. Był chyba jednym z pierwszych hakerów w Polsce. Parę lat wcześniej włamał się do systemu Banku Inwestycji i wyprowadził na swoje konto kilka milionów. Po czym zadzwonił do jednego z dyrektorów banku i poinformował go o tym. W pierwszym odruchu bankowcy dali znać na policję; Bączka aresztowano, ale wkrótce zwolniono. Wycofano bowiem doniesienie o przestępstwie i zdecydowano się go zatrudnić. Dzięki temu bank wkrótce miał najlepiej chroniony system w Polsce, a Bączek został wysoko płatnym specjalistą od zabezpieczeń transakcji. Często się zastanawiałem, jak eleganccy bankowcy muszą się czuć w towarzystwie tego zaniedbanego długowłosego gościa w powyciąganym swetrze. Bo Bączek zarabiał co prawda znakomicie, ale wszystkie pieniądze wydawał na sprzęt i oprogramowanie. Był abnegatem i nic go nie obchodziło, co nosi.

Był też audiofilem. Widziałem kiedyś jego „studio", jak je nazywał. Pokój wyłożony wytłoczkami od jaj z szarej masy papierowej, w którym stały głośniki o niespotykanych kształtach. Bączek słuchał mocno niszowej muzyki, zarówno klasycznej, jak i tej współczesnej w najróżniejszych jej odmianach. Chętnie też o muzyce rozmawiał; wszystkie te rozmowy kończyły się jednak jego tyradą na temat katastrofalnego wpływu muzyki amerykańskiej na europejską, a w dalszej kolejności całej amerykańskiej kultury na kulturę światową. Bączek utrzymywał, że kicz muzyczny wynaleźli Amerykanie w latach trzydziestych i czterdziestych, a doprowadzili do perfekcji w latach pięćdziesiątych i sześćdziesiątych. Miał tu na myśli muzykę bigbandową i smyczkową, pobrzmiewającą w tle hollywoodzkich filmów. Do białej gorączki doprowadzały go takie amerykańskie ikony muzyki rozrywkowej, jak Bing Crosby, Nat King Cole czy Sinatra. Utrzymywał, że „ta dęta ekspresja", jak to nazywał, nie była w Europie w ogóle znana, dopóki nie zaczęto tu sprowadzać amerykańskich filmów i orkiestr. Jak się rozpędził, zaczynał biadać nad zgubnym wpływem wszystkiego, co amerykańskie, na młode umysły. „Wiesz, jaki jest największy problem współczesnej młodzieży polskiej? Przezwyciężenie traumy wynikającej z faktu, że nie urodziła się w Stanach Zjednoczonych Ameryki Północnej. Niektórzy nigdy z niej nie wychodzą", mawiał. Potrafił tak ględzić godzinami.

Przy tym wszystkim dziwnie mu nie przeszkadzało, że jego ukochana technologia pochodzi z Krzemowej Doliny.

Umówiłem się z Bączkiem na telefon, ale wydarzenia kolejnych dni sprawiły, że Passerotto zszedł na dalszy plan.

Wiadomość z Puli

Kartka od Bibiany przyszła 1 marca. Był na niej widoczek z Puli – amfiteatr w stylu Koloseum. Znaczek z napisem Republika Hrvatska, datownik wyraźny: 25 II. Tekst na odwrocie odczytałem wiele razy. Był lakoniczny.

Drogi Karolku! Nie martw się o mnie. Jestem na niespodziewanych zimowych wakacjach. Jak sądzę, jeszcze dziś albo jutro pojadę do Rzymu, do Flaviana i Dafrosy. Spotkam się też z Demetrią. Kocham Cię. Bibiana.

Daty nie było.

Zadzwoniłem do Pawłowskiego. Poprosił o spotkanie i przyniesienie mu kartki, a także próbki pisma Bibiany. Zabrałem ze sobą widokówkę i notatki z wykładów, które Bibiana zostawiła u mnie niedawno i nie zdążyła odebrać. Kiedy zdejmowałem je z półki, z notatnika akademickiego wypadła złożona mapa *Jelenia Góra i okolice*. Odłożyłem mapę na biurko.

Spotkałem się z Pawłowskim w „Café Houdini".

– Ciekawe miejsce pan wybrał – powiedział, rozglądając się po ścianach ozdobionych powiększonymi rycinami scen z udziałem wielkiego iluzjonisty. – Ten gość miał do perfekcji opracowany numer ze znikaniem.

– Przypadek – powiedziałem cierpko i wręczyłem mu widokówkę.

Przeczytał ją ze zmarszczonymi brwiami.

– Co to za ludzie ci z Rzymu?

– Nie mam pojęcia. Nigdy o nich nie słyszałem.

– Ciekawe... – wymamrotał. Myślał intensywnie.

– Czy ona do pana mówiła „Karolku"?

– Nigdy – odpowiedziałem.

– Więc coś panu chciała od razu powiedzieć. Niech pan się zastanowi, co. Panu będzie łatwiej do tego dojść niż mnie. Niech pan zadzwoni, jak panu coś przyjdzie do głowy. Notatki zatrzymam. Dam panu kopię tej kartki.

– Dziękuję, zrobiłem po drodze ksero – powiedziałem. – Przypomniałem sobie coś w związku z Gustawem ...wiczem – dodałem. – On ma konto w banku w Monako.

Pawłowski ożywił się.

– Zna pan nazwę tego banku?

– Mogę sprawdzić – powiedziałem. I – dziwna rzecz – odczułem nagły dyskomfort. Poczułem się jak donosiciel. Jakbym zawiódł czyjeś zaufanie. Dlaczego to zrobiłem? Czy to aby nie była zawoalowana zemsta za te dwie kiczowate ślicznoty w jego łóżku?

– Ma pan potężnych znajomych – powiedział nagle Pawłowski. – Przydzielili mi do sprawy dodatkowych ludzi.

– To nie ja, to mój stary – odpowiedziałem w roztargnieniu.

Po powrocie do domu zauważyłem leżącą na biurku mapę z notatnika Bibiany. Rozłożyłem ją. Była to zwykła turystyczna mapa, z mnóstwem znaczków oznaczających różne obiekty i atrakcje. Kiedy ją składałem, na jej odwrotnej, niezadrukowanej stronie zauważyłem niewielkie, ale wyraźne wygniecenie, tak jakby ktoś od drugiej strony mocno nacisnął ostrym końcem. Odwróciłem mapę. Istotnie, kółeczko oznaczające jedną z miejscowości w Kotlinie Jeleniogórskiej zostało mocno zaznaczone długopisem. Miejscowość nazywała się Kobierzec i znajdował się w niej jakiś pałac, o czym świadczył umieszczony obok niej symbol. Sięgnąłem na półkę po *Katalog zabytków Dolnego Śląska* i znalazłem ów Kobierzec. Notka była króciutka:

Kobierzec, niem. Köberitz, miejscowość w Kotlinie Jeleniogórskiej. Kościół filialny św. Pawła, renesansowy, wzniesiony w latach 1615-1620, restaurowany

w 1889, orientowany, z wydzielonym prezbiterium.
Sklepienie kolebkowe z lunetami. Epitafium z połowy XVII w. Neorenesansowy pałac z przełomu XVIII
i XIX w. wg projektu Martina Langnera, zachowane
założenie parkowe. Na obrzeżach wsi dwa krzyże
pokutne.

Cień Boskiego Markiza

Minęło parę tygodni od mojej rozmowy z Zuzu
i pomyślałem, że może uda mi się z niej wyciągnąć
coś więcej. Zaczaiłem się na nią na uczelni. Tym
razem nie próbowała uciekać, a nawet zdobyła się
na krzywy uśmiech. Gładko zgodziła się na spotkanie u siebie.

Kupiłem po drodze dwie butelki wina. Nalałem
po pełnej szklance. Wypiliśmy. Pokazałem jej kse-
rokopię kartki z Puli. Strasznie się ucieszyła.

– Więc nic jej takiego nie zrobili! – powiedziała.

– Zuzu. Co jej takiego mieli zrobić? – spytałem.

– Nie wiem... – wyraźnie się spłoszyła.

– Co to za jej znajomi z Rzymu?

– Nie wiem... nigdy nie poznałam jej znajomych.
Ani nie słyszałam o nich. Wiesz, ona jest bardzo
skryta...

Wiedziałem coś o tym.

– Ale w Rzymie była?

– Chyba tak... Ona była prawie wszędzie. Kiedyś widziałam jej paszport... był pełen stempli. Wiesz, ona chyba często spędza weekendy za granicą.

Wypiliśmy znów po szklance.

– Poczekaj chwilę, Karol, muszę se strzelić.

Podwinęła rękaw, z kieszeni wyciągnęła gumową rurkę, z szuflady stoliczka strzykawkę. Patrząc na jej szybkie ruchy, zastanawiałem się, ile razy trzeba to zrobić, żeby nabrać takiej wprawy. Kilka minut później oparła się o poduszki kanapy i zamknęła oczy.

– Oni ją bili, Karol – powiedziała nagle.

– Kto ją bił, Zuzu?

– Nie wiem. Dzwonili, a potem przyjeżdżali po nią. Dwa razy to wróciła strasznie zbita. Pielęgnowałam ją.

Zrobiło mi się nagle duszno. Wstałem i otworzyłem okno.

– Zuzu. Kiedy to było?

– Raz latem i raz jesienią. Chyba w październiku.

To się zgadzało. Dwa razy zniknęła mi wtedy na kilka tygodni. Przypomniałem sobie też, że niekiedy nie wolno mi było jej oglądać przy świetle. Kochaliśmy się w półmroku i nie zostawała do rana. Czy dlatego, że miała na ciele jakieś ślady?

– Karol, oni ją... wychłostali po całym ciele. Miała wszędzie pręgi i popękaną skórę. Robiłam jej mokre okłady z takich ziół... owijałam ją płótnem. Bardzo cierpiała. Spałam przy niej na podłodze.

Byłem wstrząśnięty.

– Kto to robił?

– Nie wiem, ale za każdym razem przyjeżdżał ten sam samochód. Granatowe volvo.

– Chcesz powiedzieć, że ona... wiedziała, że będą ją bili?

– Myślę, że tak.

– I jechała z nimi?

– Oni jej chyba... płacili... – Zaczęła się miarowo kołysać. – Pozwalała mi się pielęgnować... Smarowałam ja maścią... Spałam przy niej na podłodze...

Widziałem, że za chwilę odjedzie mi daleko, daleko.

– Zuzu. Czy wtedy, pierwszego grudnia, też przyjechało to granatowe volvo?

– Tak... pod uczelnię...

– Pamiętasz numery?

– Nie... wolałam na nie nie patrzeć... bo to są jacyś straszni faceci... Może Biba dzisiaj wróci... fajnie byłoby, jakby była tak zbita jak wtedy...

– Zuzu, bredzisz – powiedziałem i wypadłem z mieszkania.

Przez kilka dni chodziłem jak błędny. Myślałem o tym drugim życiu Bibiany. Na myśl o tym, że ktoś ją chłostał, pięści zaciskały mi się w bezsilnej wściekłości. Wyobrażałem sobie, jak leży obłożona kompresami i cierpi.

A może... rzeczywiście tak zarabiała na życie? Czy była czymś w rodzaju... specyficznej *call girl*? Zuzu mówiła, że Bibiana doskonale wiedziała, co ją czeka. Dlaczego więc to robiła? Dlaczego nie próbowała się od nich uwolnić? Czy była szantażowana? Czy była ofiarą, czy przestępczynią?

Myślałem coraz częściej o jej seksualności. Zupełnym braku zahamowań. Otwartości na wszystko. Przypominałem sobie nagle, że kiedyś, na początku naszego związku, w trakcie gry wstępnej zapytała, czy chcę ją zbić pasem. Powiedziałem, że nie mógłbym tego zrobić. Czy była masochistką? Czy jest możliwe, żeby chłosta... sprawiała jej przyjemność?!

Powrót *Madonny*

Zadzwonił do mnie trzy dni po mojej ostatniej rozmowie z Zuzu.

– Czy ma pan dziś wolny wieczór? – Jego głos brzmiał jakoś dziwnie, rozwlekle.

– Tak, a dlaczego?

– Proszę do mnie zajrzeć. Coś panu pokażę.

Na klatce schodowej w kamienicy babci Teodory nie było światła. Postanowiłem następnego dnia zadzwonić do dozorcy Zięby i ochrzanić go. Zadzwoniłem do mieszkania ...wicza i usłyszałem okrzyk „Otwarte!". Przeszedłem przez mały korytarzyk i otworzyłem drzwi do pokoju. Gustaw siedział w jednym z tych dwóch ciężkich foteli naprzeciwko drzwi, a stopy w eleganckich trzewikach oparte miał o blat renesansowego stolika. Ogarnęła mnie zgroza.

– Jak pan może! To jest dzieło sztuki!

Spojrzał na mnie ciężkim wzrokiem. Przyszło mi nagle do głowy, że ma dużo więcej niż czterdzieści lat. Był nieogolony. I nietrzeźwy.

– Młody człowieku... – powiedział. – Młody człowieku, to jest przedmiot użytkowy. On musi żyć... Żeby żyć, musi być użytkowany. On u mnie żyje. Ty byś chciał go zamknąć w jakimś muzeum i zasuszyć? Chciałbyś go... zabić? – Nagle zreflektował się. – Przepraszam pana... Czy możemy być na ty?

Zawahałem się. Ale był w końcu sporo starszy ode mnie. Poza tym, nie dało się ukryć, był bardzo intrygujący, żeby nie powiedzieć – fascynujący.

– Dobrze – powiedziałem.

– Siadaj więc i popatrz.

Usiadłem w drugim fotelu i dopiero wtedy ujrzałem to, czego nie mogłem zobaczyć, stojąc w drzwiach. To, co znajdowało się na środku tej właśnie ściany. To, co Gustaw kontemplował ze swojego fotela. I czego nie było tam podczas mojej poprzedniej u niego wizyty. Na ścianie wisiała oświetlona poziomą podłużną lampką, jakich nie widuje się w polskich galeriach, *Madonna z konwalią*.

Musiałem wyglądać szczególnie głupio z otwartymi ustami, bo ...wicz zachichotał.

– Tak, to jest oryginał. I nie, nie ja ją ukradłem... Odkupiłem ją tydzień temu od złodziei. Zresztą dość tanio...

Wodziłem oczami od niego do *Madonny* w niemym osłupieniu.

– Ale dlaczego pan... dlaczego nie zawiadomiłeś policji?

– A dlaczego miałem zawiadamiać? Chciałem ją mieć... Chociaż na trochę. Jest poniekąd moja... Zapłaciłem za nią.

Przyniósł z kuchni kulisty kieliszek i nalał mi koniaku z butelki stojącej obok jego fotela. Na bordowej etykiecie była długa łódź wikingów, motyw dziwnie mało pasujący do tego akurat trunku.

Patrzyłem na *Madonnę*. Na dużej, ciemnozielonej ścianie prezentowała się dobrze. Była, oczywiście, bez żadnej ramy, ale starannie rozpięta na nowym blejtramie. I o ile mogłem stwierdzić, bez większych uszkodzeń.

– Co chcesz z nią zrobić? – spytałem.

– Oddam ją, naturalnie. Ale jeszcze nie teraz... muszę się nią trochę nacieszyć... – odpowiedział powoli.

– A co zrobisz, jeżeli zawiadomię policję?

Popatrzył mi w oczy.

– Nie zrobisz tego.

– Niby dlaczego?

Znów spojrzał mi w oczy. Chyba nie był tak pijany, jak mi się początkowo wydawało.

– Bo ci zaufałem.

Napiłem się koniaku. Mimo dziwnej etykiety był dobry. Miał w sobie odrobinę tej ciężkiej słodyczy, która zawsze czai się na dnie prawdziwych koniaków. Gustaw miał rację. Zaufał mi, zaprosił... Byłem mięczakiem, zasranym inteligencikiem. Nie mógłbym go zdradzić.

– Zagrasz ze mną w szachy? – spytał. Oczy miał coraz mętniejsze.

– Nie gram – odpowiedziałem krótko.

– Ale zasady rozumiesz?

– Rozumiem.

– To niezwykła gra... To więcej niż gra... To nasze życie... Gramy partię za partią, i w każdej jesteśmy królem... A dookoła trwa gorączkowy ruch... Król musi to śledzić, bo niebezpieczeństwo może nadejść z każdej strony...

Zaczynał piędzić. *Życie jako partia szachów.* Cholernie oryginalne... Co za kicz.

Wstałem.

– Kiedy ją oddasz? – spytałem.

– Jeszcze nie wiem.... Może za tydzień, może za dwa... A może jutro.

Wstałem.

– Daję ci dwa tygodnie – powiedziałem. I wyszedłem.

Wirus

Zadzwoniłem do Gerwazego. Nie odbierał telefonu. Zdałem sobie sprawę, że już od dawna go nie widziałem. Chciałem mu opowiedzieć o wszystkim, co się stało. Wysłałem do niego maila, potem drugiego. Nie odpowiadał.

Siadłem do komputera i wszedłem na portal internetowy, który miał popularny czat. W kategorii erotyczne wybrałem bez zobowiązań i zalogowałem się jako Charles. Gerwazy korzystał często z tego właśnie pokoju. Leżał tam jak szczupak w trzcinach i czekał na płotki. Łupem jego padały rozbestwione nastolatki i rozczarowane mężatki. Jak mi opowiadał, mniej więcej co piąty kontakt kończył się konsumpcją.

Był tam, pod nickiem Don_Gero. Kliknąłem na niego i zaproponowałem rozmowę na osobności. Cześć, Ger, napisałem. Nie odpowiedział od razu. Wreszcie na ekranie pojawiły się literki Cześć Charles. Co jest? – wystukałem. Czemu nie odpowiadasz na maile? Mam wirusa, odpowiedział, ale dopiero po chwili. To go usuń, napisałem. Znów przerwa. Nie mogę. Za głęboko siedzi.

W owym czasie wirusy i wszelkie robactwo komputerowe stały się prawdziwą plagą. Najłagodniejsze ustawiały ci tylko własną stronę startową, na ogół zresztą pornograficzną. Najpaskudniejsze przestawiały ci program uruchamiający modem tak, że nie wiedząc o tym, łączyłeś się z Internetem przez Wyspy Bahama. Prawdziwie perfidne, podszywając się pod ciebie, rozsyłały z twojej skrzynki maile z paskudną zawartością. Pokręceni goście, którzy to plugastwo projektowali, starali się ukryć je głęboko w systemie – tak, żeby trudno je było wytępić.

Rozmawiałeś z bączkiem? Ma zawsze najnowsze anty-viry. Gerwazy nie odpowiadał. Ger? spytałem. Ale przecież siedzisz teraz przy komputerze? Nie odpowiadał. Zajrzałem do ogólnego pokoju. W spisie obecnych na czacie Don_Gero już nie było.

Prezent od Gustawa

Jakieś dziesięć dni później, kiedy kupowałem w kiosku gazetę, wzrok mój przyciągnął ogromny tytuł na pierwszej stronie jednego z miejscowych

szmatławców. *MADONNA Z KONWALIĄ* ODNALEZIO-
NA!!! Kupiłem tę gazetę. Obraz podrzucono na por-
tierni w redakcji szmatławca, tego samego zresztą,
który swego czasu wydrukował sensację o skarbie
w Praszowicach.

Natychmiast udałem się na Kaletniczą. U Gustawa nikt nie otwierał. Dobiegający z mieszkania
dźwięk dzwonka był zastanawiająco głośny, jakby
odbijał się od pustych ścian. Miałem dziwną pewność, że straciłem lokatora. Pobiegłem do swojego
mieszkania po zapasowe klucze. Powinienem je
przechowywać u dozorcy Zięby, ale nie ufałem mu.

Istotnie, pokój był pusty. Został tylko renesansowy stolik do szachów. Na blacie-szachownicy stało kilka figur, inne walały się na podłodze. Pośród
nich leżała niewielka, elegancka koperta zaadreso-
wana do mnie. W środku była kartka z lakonicznym
tekstem:

*Taki był chyba koniec Twojej partii. Stolik jest dla
Ciebie. Tylko pozwól mu żyć. Gustaw.*

Nic nie rozumiałem. Poszedłem do Zięby. Wy-
niesienie łoża musiało być większą operacją, nie
mógł jej nie zauważyć. Zięba był zdziwiony.

– Pan Gustaw? Wyprowadził się wczoraj. Powiedział, że uzgodnił z panem.

Śledztwo

Zadzwoniłem do Pawłowskiego. Wiedział już, oczywiście, o *Madonnie*. Była w laboratorium kryminalistycznym, gdzie szukali odcisków palców. Miałem przeczucie, że nie znajdą ani jednego. Zasugerował spotkanie.

Przyjął mnie tym razem w swoim gabinecie, który wyglądał trochę jak parodia gabinetu oficera policji z zagranicznego filmu. Za biurkiem wisiały co prawda drewniane tarcze z plakietkami zaprzyjaźnionych sił policyjnych i jakieś dyplomy, a na ścianie obok wielka mapa województwa z powtykanymi chorągiewkami, ale samo biurko było tanie i poplamione, tapicerka na krzesłach powycierana, a w rogu pokoju stała nieodłączna szara metalowa szafka prosto z szatni trzecioligowego klubu piłkarskiego.

– Ta pańska Bibianna – powiedział – miała dość nietypowe zainteresowania.

Podał mi zadrukowana kartkę. Była to lista adresów internetowych. Nazwy domen nie pozostawiały wątpliwości co do ich treści. Była to pornografia, i to przeważnie, jak się domyśliłem, pornografia dla ludzi o szczególnych zainteresowaniach. Niektóre były proste i bezpretensjonalne: hurtme.com, ladiesinpain.com, inne bardziej wymyślne: catoninetails.com, whipandrope.com.

– Znaleźliśmy to na dysku jej komputera – powiedział Pawłowski.

– Przecież mógł tam zaglądać ktoś inny – prawie krzyknąłem.

– Mógł – powiedział Pawłowski z powątpiewaniem.

Podał mi drugą kartkę. Był na niej szereg nazw i dat. Paryż, Zurich, Budapeszt, Amsterdam, Zjednoczone Emiraty...

– Podróże pańskiej Bibianny w ostatnich dwóch latach – wyjaśnił Pawłowski.– Te, które udało się wytropić. Ciekawe, co? Adnotacje w jej kalendarzyku pokrywają się z ostatnimi podróżami, ale tego już się pan chyba domyślił – dodał.

– Co to takiego to „RS?' – spytałem z biciem serca.

– Nie mam pojęcia. Pewnie inicjały jakiegoś bogatego sponsora.

Początkowo chciałem powiedzieć mu o moich podejrzeniach związanych z wizytą Bibiany w Praszowicach, ale w świetle ostatnich wydarzeń postanowiłem tę sprawę przemilczeć. Jakie to w końcu miało znaczenie? *Madonna* przecież wróciła.

– Zaraz, zaraz. Czy jej paszport był fałszywy? – spytałem.

Pawłowski popatrzył gdzieś w bok.

– Chyba nie. Nie mamy... jasności.

Nagle otworzył szufladę biurka i wyjął plastikową przezroczystą torbę. W środku spoczywał niewielki niklowany pistolecik z rękojeścią wykładaną masą perłową.

– Czy pan widział kiedyś tę broń? – spytał niezobowiązującym tonem.

Była to tak zwana „szóstka", popularny w Polsce przed wojną typ pistoletu noszony przez niektóre damy w torebkach, a także niekiedy w kieszeniach spodni przez oficerów występujących w mundurach salonowych.

– A gdzie miałbym widzieć? – spytałem niegrzecznie. – W polskich muzeach takich nie wystawiają. – Nie widziałem powodu, aby go informować, że dzięki ojcu z wszelaką bronią jestem obyty i że z podobnego egzemplarza nawet kiedyś strzelałem.

– Szkoda – powiedział. – Z tego pistoletu zastrzelono Bławata. Myślałem, że pan nam pomoże.

– A niby dlaczego? – spytałem ze zdziwieniem.

Przyglądał mi się przez chwilę.

– Bo pana z nim kiedyś widziano.

– Z tym pistoletem? – spytałem oszołomiony.

– Nie, z Bławatem – powiedział spokojnie.

Tego było już za wiele. Wkurzyłem się.

– Odpieprz się pan! – krzyknąłem. – Panu się coś chyba popierdoliło. Ja jestem historykiem sztuki, a nie gangsterem. Środowiska się panu pokićkały.

Patrzył na mnie z namysłem.

– No nie wiem, nie wiem – powiedział.

Wyszedłem od niego wściekły. Oczywiście, tak
jak wszyscy słyszałem w listopadzie o zastrzeleniu
Bławata, jednego z gangsterskich bossów dużego
kalibru. Pawłowski już raz prawie oskarżył mnie
o zrabowanie *Madonny*, czy w jego chorej policyj-
nej głowie zrodziła się teraz myśl, że skoro nie jestem rabusiem dzieł sztuki, to może chociaż płatnym
mordercą?

No nie, płatny morderca nie użyłby „szóstki".

Barocco

Zadzwoniłem do Bączka.

– Dobrze, że się odzywasz. Mam dla ciebie wydruki tego obrazka – powiedział. – Wpadnij jutro do
„Connemary", to dostaniesz.

W „Connemarze", jak we wszystkich polskich lo-
kalach, muzyka była o ton za głośna. Bączka jeszcze
nie było. Czekając na niego, wdałem się w rozmowę
z właścicielką knajpy, Miroslavą.

Była to wysoka, atrakcyjna brunetka o wielkim
biuście i mocnym owłosieniu. Gerwazy, zafascynowany tym owłosieniem, emablował ją niestrudzenie
od lat – z zerowym skutkiem. „Sięga jej aż do pępka.
Widziałem. Muszę zobaczyć, gdzie ona te włosy
jeszcze ma", mówił, ale Mirka dawała mu niestru-

dzenie odpór. Opowiadał mi kiedyś, że Miroslava przybyła do nas z ościennego kraju po skandalu, którego stała się bohaterką. Była tam mianowicie trenerką narodowej kadry pływaczek synchronicznych i dostała ciężkie pieniądze od pewnego zamożnego gościa za urządzenie w jego basenie prywatnego pokazu swoich podopiecznych, z muzyką i wszystkimi szykanami. Dziewczęta zrobiły swoje, tyle że nago, kilkunastu panów, którzy stanowili ekskluzywną publiczność, pożegnało je oklaskami, Miroslava rozdzieliła pieniądze między pływaczki i wszyscy byli zadowoleni. Rzecz nie wydałaby się, gdyby jedna z kadrowiczek, która nie wzięła udziału w tym układzie tanecznym i niczego nie zainkasowała, nie opowiedziała o tym rodzicom. Zrobił się szum, Miroslava straciła posadę i stanęła przed sądem, jako że niektóre pływaczki były młodociane. Wyrok był niewielki, ponieważ pan sędzia – o czym nikt się nigdy nie dowiedział – okazał się jednym z owych kilkunastu miłośników pływania synchronicznego.

Skąd Gerwazy to wszystko wiedział, nie mam pojęcia. W każdym razie pub Miroslavy cieszył się wielką popularnością, a jego bywalcy nigdy nie kwestionowali faktu, że irlandzka knajpa prowadzona jest przez egzotyczną, bo egzotyczną, ale przecież Słowiankę.

Pojawił się wreszcie Bączek. Podał mi kopertę.

– Zrobiłem cztery *passy*. Na cztery różne algorytmy. Ostrzegam, są przekłamania.

Wziąłem kopertę bez zaglądania do niej.

Opowiedziałem mu o kłopocie mojego przyjaciela. Okazało się, że Gerwazy nie kontaktował się z nim.

– Gerwazy złapał pewnie *Barocco*. To nowy wirus, wyjątkowo parszywy. Ciężko go wyplenić.

– Co on robi? – spytałem. – Tylko wytłumacz tak, żebym zrozumiał.

– No, skutek jest taki, ze komputer ci zwalnia, zwalnia, jakby słabł, aż któregoś dnia włączasz i masz czarny ekran.

– To chyba nie to – odpowiedziałem. – Spotkałem go na czacie dwa tygodnie temu.

Nagle zdałem sobie sprawę, że Gerwazy nigdy nie znikał z radarów na tak długo. Zdarzało się, że zachłysnął się na kilka dni jakąś nową kobietą, ale – dwa tygodnie? Wyszedłem z pubu zamyślony.

Przypadkiem miałem telefon jego matki. Zadzwoniłem.

– To pan... nie wie?

I wybuchnęła płaczem.

Czysta robota

Wirus, którego złapał mój przyjaciel, mimo całego postępu nauk medycznych nadal był nie do wyplenienia. Kiedy przyszły wyniki testów, Gerwazy zamknął się ponoć na dobę w swoim pokoju. Tak przynajmniej opowiadała jego kumpela Ilona, która widziała go jako ostatnia. To wtedy spotkałem go na czacie. Następnego dnia dokądś wyjechał. Po drodze musiał nadać list do matki, w którym przepraszał ją za swoje zniknięcie. Zapowiedział, żeby go nie szukać, bo nigdy nie wróci.

Jego torbę znaleziono na małej stacyjce kolejowej w Międzyborzu. Była w niej niedopita woda mineralna i gazeta. Skórzaną kurtkę z kolei znalazł ktoś pod płotem otaczającym teren tamtejszej budowy. Zorientowano się, że to jego, po legitymacji uprawniającej do tanich przejazdów kolejowych.

W Międzyborzu realizowano wtedy jedną z bardziej kontrowersyjnych inwestycji w kraju: lotniczy port przeładunkowy, budowany za pieniądze jakiegoś szemranego rosyjskiego milionera. Gdy tylko pozwalała na to pogoda, w dzień i w nocy wylewano betonowy pas startowy, obliczony na starty i lądowania najcięższych samolotów transportowych.

I tyle.

Policja przypuszczała, że znalezione rzeczy porzucił w Międzyborzu złodziej, który gdzieś okradł

Gerwazego. Ja podejrzewałem, że było inaczej, ale postanowiłem zatrzymać to dla siebie.

Pamiętałem doskonale, kiedy zaraz po studiach pojechałem z Gerwazym do pracy do Londynu. Wystawiono nas wtedy srodze do wiatru: pracy nie było, a nam kończyły się pieniądze. Przeszliśmy już na żywienie się karmą dla kotów, kiedy dostaliśmy propozycję pracy przy rozbudowie Canary Wharf. Przez ponad miesiąc byliśmy wtedy klasą robotniczą; w weekendy ja przedzierzgałem się w inteligenta spędzającego czas w tamtejszych muzeach (w Victoria & Albert znałem wkrótce wszystkich strażników), a Gerwazy polował na swoją Mulatkę.

Była to jego wielka ambicja. Zapragnął posiąść Mulatkę już pierwszego dnia pobytu w stolicy Albionu. Właściwie nawet jeszcze wcześniej – kiedy zobaczył jedną w pociągu, który wiózł nas z Harwich do Londynu. Była prześliczna, długonoga i dumna. Zapowiedział, że nie opuści Wysp, dopóki nie zaliczy bliskiego kontaktu z którąś z tych jasnoczekoladowych piękności. Co zresztą mu się udało.

Kiedyś w trakcie lunchu siedzieliśmy na stalowej belce i przyglądaliśmy się, jak z ogromnych betoniarek do wielkiego wykopu spływa płynny beton. Gerwazy powiedział wtedy, że tak właśnie, jak się wyraził, „kiedyś się usunie".

– Czysta robota. Zero kłopotu dla bliskich. Czysta sprawa. I nawet nie jest pewne, czy w przyszłości cię kiedykolwiek wyłamią z takiego bloku. A tajemnicze zniknięcie jest dużo bardziej romantyczne od wulgarnego samobójstwa.

– No co ty – powiedziałem wtedy. – Będziesz się tak dusił pod płynnym betonem?

– Skąd. Cyjanek – odpowiedział.

– Masz? – spytałem.

– Będę miał – odpowiedział.

Żegnaj, przyjacielu. Jeżeli tam naprawdę jesteś, niech łomot lądujących samolotów nigdy nie zakłóca twojego snu.

Kłopoty to moja specjalność

Zadzwoniłem do Pawłowskiego i poprosiłem o rozmowę. Powiedział, że mogę przyjść zaraz na komisariat.

Jego gabinet nie zmienił się wiele, od czasu kiedy byłem u niego po raz ostatni; kurzu było tylko trochę więcej, a na biurku leżał stos beżowych papierowych teczek.

– Przepraszam, że na pana wtedy nakrzyczałem – powiedziałem. Skinął głową i czekał. – Czy może mi pan pokazać zdjęcie tego... Bławata?

Skinął głową, jakby czegoś takiego się spodziewał. Z leżących na biurku teczek wygrzebał szarą, dużą kopertę, wyjął z niej jedno zdjęcie i podał mi przez biurko.

Zadbany, siwowłosy mężczyzna leżał z otwartymi oczami na jakimś dywanie; w kadrze widać było tylko jego głowę i barki. W czole miał niewielką dziurkę, z której wylewała się ciemna substancja. Na jego martwej twarzy zastygł znany mi już wyraz ogromnego zdumienia.

Spodziewałem się, że to będzie on, ale nie spodziewałem się, że Pawłowski pokaże mi zdjęcie trupa. Zrobiło mi się niewyraźnie. Kolana mi zmiękły i musiałem usiąść.

– Widziałem go tylko dwa razy w życiu – powiedziałem, zastanawiając się jednocześnie, co mogło się stać z rottweilerem. Z jakiegoś powodu jego los bardzo mnie przejmował.

– Niech pan opowie – powiedział Pawłowski miękko.

Więc mu powiedziałem. Słuchał uważnie, zadał kilka pytań, ale nie wydało mi się, żeby moja opowieść specjalnie go zaskoczyła.

– A co słychać u pańskiego lokatora? – nagle zmienił temat.

– Wyprowadził się – powiedziałem. – I nie zostawił adresu do korespondencji – dodałem z nieco złośliwą satysfakcją. Kiwnął głową, jakby o tym doskonale wiedział, a spytał tylko pro forma, ot, *sztoby razgawor paddierżat'*.

Święta Viviana

Tego wieczoru nie mogłem wytrzymać sam w domu i poszedłem do „Connemary" się napić. Spotkałem tam kilka osób, które wiedziały zarówno o zniknięciu Gerwazego, jak i jego przypadłości. I to z pierwszej ręki: jak się zorientowałem, rozesłał on wiadomość o niej do wszystkich swoich damskich znajomości i teraz w pewnych kręgach panowała panika. Spokój zachowywali mężczyźni, choć w niektórych przypadkach był on wyraźnie wymuszony: niepokój swój ledwo maskowali szwagrowie Gerwazego.

Przyniosłem na nasz stół szklaneczkę spirytusu i zapaliłem ją.

– To tak, jakby Gerwazy nie żył – powiedział ktoś.

– A skąd wiesz, że żyje? – spytałem.

Wróciłem do domu na mocnym gazie. Przed położeniem się spać otworzyłem kopertę od Bączka. Była tam broszura z Museo dei Cappuccini i cztery kolorowe wydruki formatu A4, różniące się między sobą odcieniami kolorów i kształtami znajdujących się na nich postaci. W centrum obrazu była kobieta, przywiązana do kolumny podpierającej arkadę i zwrócona do niej twarzą. Była obnażona do połowy. Po obu jej stronach stali pachołkowie z batogami na krótkich trzonkach. Kobieta miała białe, posiekane batami plecy. Jeden z pachołków brał zamach do uderzenia, gest drugiego wskazywał na to, że właśnie przed chwilą ją uderzył. Mieli wyszczerzone w uśmiechu zęby i długie, spiczaste ciżmy. Twarz kobiety była częściowo ukryta w burzy rudych włosów. Bączek zeskanował także podpis pod ilustracją: *Il martirio di Santa Viviana*.

Bibiana, Viviana... Jak mogłem nie skojarzyć? Przecież oglądałem tę ilustrację pod lupą, razem z Bandurą. No tak, ale tylko raz i dawno, dawno temu. Tylko raz, ale wystarczyło, żebym w jakimś zakamarku pamięci upchnął tę częściowo zasłoniętą twarz świętej. Twarz, która skojarzyła mi się później z pewną realną osobą. Co za absurd... Co za kicz.

Tej nocy położyłem się do łóżka trzeźwy i długo nie mogłem zasnąć.

Śmiech Boskiego Markiza

Ten mail przyszedł następnego dnia. Wysłany był z anonimowego, nic mi niemówiącego adresu na hotmail.com i zawierał tylko adres internetowy http://www.divinemarquis.com. Zastanawiałem się długo, czy zaryzykować otwarcie tej strony, ale ewidentne odniesienie do tej właśnie perwersji zaintrygowało mnie.

Strona była przeznaczona, tak jak zgadłem, dla amatorów sprawiania w seksie przykrości innym. Była płatna, ale miała ikonkę *free preview*, gdzie znajdowało się dziewięć miniaturek do powiększenia. Zdjęcia przedstawiały starannie upozowane kobiety, na ogół młode i bardzo atrakcyjne, w bolesnych dla nich sytuacjach. Obrazek numer 7 przykuł całą moją uwagę: przedstawiał leżącą na ziemi nagą blondynkę i stojącą nad nią ze szpicrutą brunetkę o ciężkich piersiach, ubraną w koronkowy gorset i pończochy. Blondynka miała dość delikatną, słowiańską urodę, brunetka, mimo zakrywającej jej twarz karnawałowej maski, swoją bujnością i typem urody wyraźnie zdradzała południowe pochodzenie – na przykład gruzińskie czy ormiańskie... Stopa brunetki odziana w wysoką szpilkę oparta była na brzuchu blondynki; obcas szpilki był prawie wbity w umieszczony na jej podbrzuszu czarny tatuaż przedstawiający skorpiona.

Ostatnie zdjęcie, które otworzyłem z dziwnym niepokojem, sprawiło, że serce zatrzymało mi się na moment. Przedstawiało przymocowaną do słupa za związane z tyłu ręce szczupłą, rudowłosą kobietę o wygolonym łonie i stojącego obok nagiego faceta w skórzanej masce. Trzymał on w ręku bat na krótkim trzonku. Kobieta pochylona była do przodu, włosy zasłaniały jej twarz. Patrzyłem na nią ze

ściśniętym gardłem. Mógł to być ktoś inny, ale podobieństwo ciała było uderzające.

Wziąłem wydruk adresów internetowych, który
dostałem od Pawłowskiego, i zacząłem je systematycznie sprawdzać. Przed moimi oczyma zaczęła się
przesuwać galeria przykładów ludzkiej pomysło-
wości w dręczeniu seksualnych partnerów. A właściwie partnerek, bo na większości zdjęć ofiarami
były kobiety. Nie tylko młode, szczupłe i ładne, ale
także stare, tłuste i brzydkie. Widać było, że te akurat zdjęcia robione były przez amatorów ich żonom.
Kobiety na zdjęciach krępowane były sznurami
i łańcuchami, chłostane, niekiedy do krwi, nakłu-
wane igłami, polewane stearyną z płonących świec.
Na wrażliwych fragmentach ich anatomii zawiesza-
ne były ciężarki lub zatrzaskiwane pułapki na myszy. Niektóre patrzyły żałosnym, psim wzrokiem
w obiektyw aparatu, kilka miało rozmazany od łez
makijaż. Kilka innych z kolei uśmiechało się, o dziwo, z satysfakcją do fotografującego je dręczyciela.
Czy dlatego, że mimo związanych rąk i śladów na
ciele miały świadomość całkowitego uzależnienia
swoich katów od nich, ofiar?

Co odczuwała Bibiana, odwiedzając te strony?
A może szukała tego, czego szukałem ja i w końcu
znalazłem? Na którejś ze stron otworzyłem kilka
zdjęć z tej samej sesji zdjęciowej, której fragment
znalazłem na divinemarquis.com. Te musiały być

zrobione później, ponieważ ruda kobieta na zdjęciach miała już na bladym ciele ślady chłosty. Na jej udach, brzuchu, piersiach widniały liczne czerwone pręgi. Twarzy jednak dalej nie pokazywała na tyle, bym mógł mieć stuprocentową pewność.

Szukałem dalej. Znalazłem jeszcze parę zdjęć znanej mi dobrze pary – trochę cukierkowatej blondynki spod znaku Skorpiona i pięknej, bujnej brunetki, która odgrywała za każdym razem rolę *dominatrix*. Wreszcie, w kategorii klipów filmowych, znalazłem prawie stuprocentowy dowód jakiegoś udziału mojej kochanki w tym ponurym światku.

Był to kilkunastosekundowy filmik MPG, ewidentnie fragment większej całości. Widniały na nim dwie brunetki, ubrane tylko w czarne, ciasno zasznurowane gorsety i karnawałowe maski, które zdejmowały biały gorset z trzeciej, rudowłosej. Tą trzecią była prawie na pewno Bibiana.

Ściągnąłem film na swój komputer i zafascynowany, obejrzałem go kilkanaście razy z rzędu. Odkrytą twarz rudowłosej widać było dosłownie przez ułamek sekundy – za krótko, by mieć stuprocentową pewność. Filmik miał podkład dźwiękowy w postaci klawesynowej muzyki.

Karnawałowe maski nie były w stanie ukryć wielkiej urody kobiet w czarnych gorsetach. Obie miały talie os i duże, kołyszące się przy każdym ruchu piersi. W odróżnieniu od domniemanej Bibiany nie były gładko wygolone: czarne trójkąty gęstych włosów na ich łonach kontrastowały z bielą skóry i dziwnie pasowały do czarnych gorsetów i pończoch. Przy szczupłej i nieco wyniosłej rudej sprawiały jednak wrażenie służących, mimo że trzymały w rękach pejcze.

W filmie była pewna elegancja: w wyraźnie pałacowym wnętrzu w wielkich wazonach stały drogie kwiaty. W tle był staroświecki kominek, nad którym widniał niewyraźny kartusz herbowy. Przy którejś z kolei projekcji w odległym planie zauważyłem ubraną w smoking rozmytą postać mężczyzny.

Klip nie reklamował niczego; zapewne ściągnięto go z płatnej strony, gdzie oferowano pełną wersję filmu. Łatwość ściągania obrazków z sieci i tworzenia kolejnych „tematycznych" stron, zawierających ukradzione skądinąd materiały, powodowała, że nie sposób było dojść do źródła zdjęć. Odpowiedź być może znajdowała się na którejś z płatnych stron, ale zapisanie się na „subskrypcję" ich wszystkich byłoby zbyt kosztowne, a poza tym ryzykowne.

Tej nocy śniło mi się, że nagi i w skórzanej masce okładam batem nagą, szczupłą dziewczynę. Włosy miała rude, ale skądś wiedziałem, że nie jest to Bibiana, tylko Olga. Chłoście z dezaprobatą przyglądał się generał Ossoliński. Wyglądał dostojnie, jak na portrecie w Muzeum Diecezjalnym, ale kiedy pogroził mi palcem, jego dłoń była ręką kościotrupa.

Odejście Bibiany

Następnego dnia dostałem przesyłkę od Gerwazego. Specjalnie nie wysłał jej priorytetem, żebym nie dostał zbyt szybko. W puchatej kopercie były kluczyki i umowa kupna-sprzedaży, w myśl której dwa tygodnie wcześniej stałem się właścicielem jego harleya. Suma, za jaką nabyłem jakoby motocykl, nie była wpisana. Brakowało też mojego podpisu.

Gerwazy ciężko pracował, żeby go kupić. Był to model FXE Superglide, jego zdaniem najszlachetniejszy ze wszystkich. Nasze pokolenie dorabiało się wtedy pierwszego samochodu, Gerwazy jak zwykle poszedł trochę pod prąd i kupił motocykl. Szpanował nim po mieście i wyrwał na niego niejeden towar. Wiedział, że podoba mi się Haruś, jak go nazywał, a ponieważ dzięki Pułkownikowi prawo jazdy na motocykl miałem od zawsze, pozwalał mi się czasem przejechać.

Harley miał siodło ze skóry, dzięki czemu – jak twierdził Gerwazy – latem długo zostawał na nim zapach kobiet, które, gdy je wiózł, miały na sobie nie spodnie, ale spódnice albo sukienki. Pojechałem tramwajem do warsztatu samochodowego, gdzie Gerwazy trzymał swoją maszynę. Pokazałem zdziwionemu właścicielowi warsztatu umowę kupna-sprzedaży i wyprowadziłem Harusia. Wyjechałem na miasto. Jechałem wolno, silnik harleya wydawał ten swój jedyny, niepowtarzalny dźwięk, a ja myślałem o dziwnych paralelach między moją kochanką a męczennicą z obrazu Passerotta. Nagle zdałem sobie sprawę, że przecież o tej starożytnej Vivianie czy Bibianie nic nie wiem.

Podjechałem do mieszkania Bibiany i zadzwoniłem do drzwi. Zuzu nie otworzyła od razu. Miała na sobie dużo za długą sukienkę w drobne kwiaty; dopiero po chwili zdałem sobie sprawę, że to jedna z sukienek Bibiany. Nie była sama: w mieszkaniu była jeszcze blondyna o kształtach przypominających niedużą szafę na ubrania. Zuzu nie bardzo chciała mnie wpuścić, powiedziałem jej jednak, że chcę pożyczyć jedną książkę Bibiany. Zawahała się, ale pozwoliła.

Wszedłem do pokoju Bibiany. Wszystko w nim było pokryte ledwie widoczną warstewką kurzu. Zdjąłem z półki *The Cambridge Encyclopaedia of Saints*, którą zauważyłem w czasie pierwszej wizyty w pokoju. Omiotłem jeszcze wzrokiem półkę i wtedy zauważyłem książkę, na którą poprzednio nie zwróciłem uwagi. A powinienem był, bo dziwnie nie pasowała do pozostałych. *Pamiętnik szlachcianki*. Naklejony na grzbiecie numer świadczył, że książkę wypożyczono z jakiejś biblioteki.

Po drodze do domu zajechałem do „Parowozowni", zamówiłem herbatę i zająłem miejsce przy stoliku, przy którym siadła Bibiana w dniu, kiedy zobaczyłem ją po raz pierwszy, i przy którym siedzieliśmy podczas naszej pierwszej randki. Jakie to obrzydliwie sentymentalne, pomyślałem. Kiczowate. I otworzyłem książkę na literze „B", a potem na „V".

Nie przeczytałem jeszcze hasła do końca, kiedy litery zaczęły mi skakać przed oczyma.

...was the daughter of Flavian, a Roman knight, and Dafrosa... He was tortured and sent into exile, where he died... Dafrosa was beheaded... Demetria, Viviana's sister, after confessing her faith, fell dead at the feet of the tyrant... The tyrant had Viviana tied to a pillar and whipped until she expired...[*]

Siedziałem tam, a w głowie miałem pustkę. Nie wiem jak długo, ale kiedy odkryłem, że na moim

---

[*] ...była córką Flaviana, rzymskiego rycerza, i Dafrosy... Torturowano go i zesłano na wygnanie, gdzie zmarł... Dafrosę ścięto... Demetria, siostra Viviany, po wyznaniu wiary padła martwa u stóp tyrana... Vivianę tyran kazał przywiązać do słupa i chłostać, aż wyzionęła ducha...

stoliku stoi herbata, była już zupełnie zimna. Pojąłem z przeraźliwą jasnością, że jednak cały czas podświadomie czepiałem się ździebełka nadziei...

Nie dotarłem wtedy do domu. Wstąpiłem do „Connemary", gdzie barman, zwany przez wszystkich Picusiem, zrobił mi natychmiast piekielnego drinka, specjalność zakładu, a potem drugiego i trzeciego.

W pijanym widzie zadzwoniłem na komórkę Pawłowskiego. Nieopatrznie dał mi swego czasu numer.

– Bibiana... nie żyje – powiedziałem.

– Skąd pan wie? – spytał zaspanym głosem.

– Bo Flawian i Dafrosa... też nie żyją – wybełkotałem. – Jej rodzice. I Demetria – dodałem – upadła martwa u stóp tyrana...

Zdenerwował się.

– Co pan mi tu pierdoli! Jacy rodzice, jakiego tyrana?! Gdzie pan jest? Niech pan idzie do domu i położy się spać! – Wyłączył się.

Wypiłem jeszcze jednego drinka i zadzwoniłem do Bandury.

– Panie profesorze, pan się pomylił – bełkotałem.

– Ta Maria na obrazie nie widzi anioła...

– Co pan opowiada, kolego? – wymamrotał zaspany Profesor. – A kogo widzi?

– Diabła! – powiedziałem i zwymiotowałem.

Przebudzenie

Ocknąłem się następnego ranka z uczuciem potwornej glątwy. Dopiero po chwili zorientowałem się, że drewniany kołek, który próbuję wypluć, to mój własny język. Zapach czyjegoś lekko spoconego ciała poczułem, zanim jeszcze otworzyłem oczy. Zapach nie był nieprzyjemny. Poczułem też ciepło tego obcego ciała u mojego boku.

Dziewczyna odwrócona była tyłem. To, co widziałem, czyli jej włosy i plecy, nie przypominały mi niczego znanego. Spróbowałem wyślizgnąć się delikatnie z łóżka, ale mój stan pozwolił mi tylko na serię nieskoordynowanych szarpnięć. Dziewczyna obudziła się i nagle odwróciła.

Studentka Pawlak. Jezus Maria, Karolku, pomyślałem. Straciłeś pion moralny.

– Dzień dobry – powiedziała dźwięcznym głosem.

– Przepraszam panią... – powiedziałem słabo. – Chyba po raz pierwszy w życiu urwał mi się film.

– Chyba tak – odpowiedziała z uśmiechem.

– Czy my... czy ja z panią..

– Chce pan doktor wiedzieć, czy odbył ze mną stosunek płciowy? – spytała z lekką ironią. – Nie. Nie był pan w stanie.

Nagle przypomniała mi się Bibiana i widokówka od niej. Zesztywniałem. W moim wzroku musiało

coś się odbić, bo studentka Pawlak nagle wyciągnęła rękę i pogłaskała mnie po włosach. A potem
przytuliła się do mnie całym ciałem.

– Wiem, wiem – powiedziała miękko. – Ona... nie
żyje. Ta pana ruda... ta Bibiana... Wszystko mi pan
opowiedział.

Leżeliśmy tak, milcząc. Wdychałem ten przyjem-
ny zapach jej spoconego ciała.

– Motocykl? – przypomniałem sobie nagle.

– Spokojnie, spokojnie. Stoi na podwórku
w „Connemarze". Kluczyki mam w torebce.

Poczułem wdzięczność do Pawlak; poczułem też
z zakłopotaniem, że mój mały przyjaciel budzi się
do życia. Nadludzkim wysiłkiem wyszarpnąłem
się więc z pościeli i wyskoczyłem z łóżka. Byłem
nagi... Diabelska Pawlak musiała mnie rozebrać.

Kiedy stałem pod zimnym prysznicem, roznie-
cając w sobie na nowo życie i jednocześnie gasząc
wzwód, drzwi od łazienki otworzyły się. To ciekawe, przemknęło mi przez myśl, przecież widziałem
już jej cycki i piczkę... Ale nagiej nigdy. A było na
co popatrzeć. Była po prostu atrakcyjną młodą
kobietą: nogi miała długie, wyraźnie zarysowane
biodra, tylko piersi ciężkie i wiszące, jak u kobiety
starszej o dziesięć lat. Gerwazemu by się to spodobało. „Kobieta nie może być idealna. Musi mieć
barokową skazę", mawiał. Opowiadałem mu o po-
chodzeniu słowa „barok", odtąd włączył ten termin

do swojego słownika. „Ma mieć na przykład ociu-
pinkę za szerokie biodra, za dużo owłosienia, jak
Miroslava, za małe albo za duże cycki. Tylko wtedy
nie jest nudna, tylko wtedy jej ciało jest naprawdę
podniecające", rozgadał się kiedyś.

Z gaszenia wzwodu wyszły nici. To znaczy, zgasł
samoistnie, ale dopiero po jakichś dwudziestu
minutach, w czasie których przebywał w różnych
miejscach, a na koniec puścił sok.

Nie rozmawialiśmy. Kochaliśmy się, milcząc,
a potem ona, z uśmiechem na twarzy, ubrała się
i wyszła, całując mnie na pożegnanie w czoło...
W progu jeszcze się odwróciła i powiedziała: *navi-
gare et amare necesse est.* Co za kicz. Ale nie było
to bardziej kiczowate niż wiele z tego, co mnie
ostatnio spotykało.

Wpadka na Jermyn Street

Spotkałem się z Pawłowskim jak poprzednio,
w „Houdinim", i opowiedziałem mu o Dafrosie,
Demetrii i Flawianie. Słuchał z niedowierzaniem,
a potem zamyślił się. Potrząsnął kilkakrotnie głową.

– Strasznie się tą swoją rolą przejęła – powiedział.

Nie zrozumiałem.

– Znaleźliśmy w końcu w ewidencji tę Bibianę
...cką. Nie w T., ale w Z. – ciągnął.

– A widzi pan? Pan z niej zaraz zrobił przestępczynię – prawie krzyknąłem z triumfem.

– T a Bibiana zmarła w wieku czterech lat, na zapalenie opon mózgowych – powiedział sucho.

– Ktoś posłużył się jej metryką, żeby ją... stworzyć od nowa.

Zdębiałem.

– Więc jej dowód i paszport były poniekąd prawdziwe – dodał.

Przypomniało mi się, co kiedyś na temat Bibiany powiedział Gerwazy.

– Czy ona... wyjechała z Polski? – spytałem.

– Nic o tym nie wiemy – odpowiedział. – Europol obiecał jej szukać, ale ja myślę, że nie wyjechała. Wyjechała tylko ta kartka do pana. Myślę... że pan jej... już nigdy nie zobaczy.

To ostatnie powiedział zdumiewająco miękko.

– Wiem – powiedziałem. Pomyślałem, że mogę sobie wyobrazić jej śmierć, bo wiem o niej coś, czego nie wie Pawłowski. Ale co to miało za znaczenie?

– A o tym pana ...wiczu – nie przypomniał pan sobie czegoś? Nie zostawił u pana niczego?

– Niczego – poza takim... renesansowym stoliczkiem – odpowiedziałem. – Dalej pan go szuka?

– Już nie – odparł. – Znalazł się.

– Przesłuchał go pan? – spytałem.

– Jego nikt już nigdy nie przesłucha – odpowiedział odrobinę patetycznie. – Kropnęli go w zeszły piątek w Londynie. On miał taką... garsonierę, na... Jermyn Street.

Słowa „garsoniera", które z trudem przeszło mu przez usta, użył wyraźnie na mój użytek, tak jakby ktoś mu powiedział, że w rozmowie z inteligentem tak trzeba. Nazwę ulicy wymówił przez „j", a nie „dż".

– Żadnych śladów, oczywiście. Koledzy mieli nadzieję, że dowiedzą się czegoś od nas. Ale my o nim nic nie wiemy. Są tylko niejasne podejrzenia.

Milczałem. Ciągnęła się za mną śmierć. Bibiana, Gerwazy, teraz Gustaw.

– O co się go podejrzewa? – spytałem, chociaż w gruncie rzeczy mało mnie to teraz interesowało.

– Trochę handlował dziełami sztuki, głównie meblami – powiedział Pawłowski. – Ale żył chyba z innego... handlu. – Zawahał się. – Swoistego pośrednictwa pracy. Był czymś w rodzaju... lepszego alfonsa. Rekrutował dziewczyny do agencji... pań do towarzystwa, klubów... Taka najwyższa klasa kurestwa.

Pomyślałem o cukierkowej blondynce i ostrej brunetce zza wschodniej granicy, ale nic Pawłowskiemu nie powiedziałem.

– Klientela była ponoć z najwyższych sfer. Także politycznych. Ten ...wicz pewnie za dużo o nich wszystkich wiedział. Może szantażyk? Cholera wie.

Czy Bibiana go znała? Czy to właśnie od niej wiedział, że szukam lokatora?

Kobierzec

Dlaczego właściwie postanowiłem wybrać się do Kobierca, nie wiem. Związek tej miejscowości z Bibianą opierał się wszak wyłącznie na znaczku, który ktoś – bo wcale nie było pewne, że to właśnie ona – zrobił na turystycznej mapie.

Wyprawa na Dolny Śląsk to było większe przedsięwzięcie. Chociaż po latach szarpaniny z peugeotem prowadzenie fiesty było czystą przyjemnością, podróż była długa. Do Jeleniej Góry dotarłem po wielu godzinach jazdy. Wrażenia estetyczne, dostarczane przez przyrodę Kotliny, wynagrodziły mi jednak zmęczenie. Był koniec kwietnia i wiosna właśnie eksplodowała. Mijałem kolejne wioski, wszędzie podziwiając świeżo wyremontowane pałace i dwory; niektóre zwykłe domostwa też świeciły nowymi tynkami.

Kobierzec, dawniej Köberitz, był małą miejscowością w jednej z dolinek Kotliny. Prowadziła do niego droga wąska i dziurawa. Zaparkowałem przy kościółku. Był bardzo proporcjonalny, a jego architektura wyraźnie odbiegała od stylu polskiego renesansu. Miałem szczęście: kościół był otwarty, ponieważ odbywało się w nim wielkie sprzątanie. Wszedłem i z zawodowej ciekawości zlustrowałem wystrój. Uwagę przykuwało tylko kamienne epitafium rycerza Hugona, wmurowane w ścianę prezbiterium. Trzy sprzątające kościół babiny popatrywały na mnie nieufnie.

Pałac leżał około stu metrów dalej. Otoczony był starym parkiem, a ten z kolei wysokim metalowym parkanem noszącym ślady niedawnej reperacji. Kuta brama, wyposażona w nowoczesne zamki, była zamknięta. Obszedłem to wszystko dookoła, co zabrało mi sporo czasu. Znalazłem w płocie furtkę, ale i jej nie dało się otworzyć. Widoczny w głębi pałac był równie proporcjonalny i zgrabny jak kościółek. Przed nim rozciągał się gładki trawnik, od tyłu był otwarty z jednej strony dziedzińczyk, na wysokości pierwszego piętra okolony arkadowym gankiem. Cacuszko. Futryny okien i dachówki lśniły nowością.

Udałem się do miejscowej gospody i zamówiłem coś do jedzenia. Siedzące przy piwie ofiary transformacji patrzyły na mnie spode łba.

– Pan z gazety? – spytał w końcu jeden z tubylców.

Dlaczego nie? Mogłem być z gazety.

– Tak, chciałem porozmawiać z właścicielem pałacu.

– Nie ma go – odpowiedział inny. – On mieszka w Niemczech.

– On jest Niemcem? – spytałem.

– A chuj go wie. Po polsku mówi jak Polak, po niemiecku jak Niemiec. Niech pan pogada z Borkiem, on tam pracuje. Zaraz tu przyjdzie.

Borek okazał się ponurym, noszącym się na czarno garbusem. Co za kicz. Każdy hollywoodzki reżyser obsadziłby go od razu w roli strażnika opuszczonego zamku, pełnego tajemnic. Spytałem, czy mogę mu postawić piwo, i zacząłem go ciągnąć za język. O właścicielu wiedział niewiele. Zjawił się ponoć dziesięć lat temu, kiedy pałac wystawiono na sprzedaż. Niby Polak, ale z niemieckim nazwiskiem, König. Pałac wyremontował, ale bywał w nim rzadko. Garbus był u niego czymś w rodzaju dozorcy, rządcy, kierownika robót i zaopatrzeniowca. Jak mi opowiedział, co kilka miesięcy w pałacu odbywały się spotkania znajomych właściciela. König przywoził wtedy ze sobą służbę. Były to młode, ładne dziewczyny. Borek miał wtedy zakaz wstępu do pałacu.

– Panie, jaki one robią mi zawsze bajzel w kuchni! – westchnął przy trzecim piwie.

– I oni wszyscy tu tymi marnymi drogami przyjeżdżają? – spytałem.

– Niektórzy tak. Terenówkami. Na obcych numerach. Ale ci najważniejsi przylatują helikopterem.

Teraz zrozumiałem, dlaczego na wielkim trawniku przed pałacem nie ma żadnych klombów ani skalnych ogródków.

– Czy pokazałby mi pan pałac od środka? – spytałem.

Garbus przeraził się.

– Nie wolno mi – powiedział. – Poza tym on jutro przyjeżdża.

Niektóre banknoty z portretami królów potrafią jednak zdziałać cuda. Musiałem tylko ostentacyjnie odjechać z Kobierca i wrócić późnym wieczorem, z wyłączonymi światłami. Zaparkowałem w wyznaczonym miejscu. Garbus pojawił się o północy. Wieś spała. Weszliśmy na teren parku boczną furtką, a do pałacu – bocznym wejściem.

Wnętrza urządzono z wielkim smakiem. Mozaikowe posadzki były wypolerowane, w wielkich wazonach stały misterne kompozycje z suszonych roślin i korzeni. Nad kominkiem w największej sali widniał duży herbowy kartusz. A ja ten kartusz gdzieś już widziałem.

Końcówka partii

Następnego dnia po powrocie z Kobierca poszedłem na Kaletniczą i wziąłem klucze od dozorcy. Stoliczek z figurami szachowymi jak stał, tak stał pośrodku pokoju. Kucnąłem przy nim i przyjrzałem się bierkom. Były to tanie, toczone figury pokryte grubą warstwą przezroczystego lakieru. W szachy grywałem z Pułkownikiem jako nastolatek i nigdy nie osiągnąłem w nich większej biegłości. Nawet pobieżna znajomość gry była wystarczająca do odczytania sytuacji na szachownicy.

Wyglądało to na końcówkę kiepsko rozegranej partii, w której czarny laufer stanął między białym królem a białą królową, podwójnie szachując. Sam chroniony był przez konia. Biała królowa była więc nie do uratowania. Musiała uderzyć, żeby uwolnić króla, po czym sama miała paść ofiarą.

Czy Gustaw to właśnie chciał mi powiedzieć?

Przeszukałem kuchnię. Poza sporą liczbą pustych butelek po różnych koniakach i whisky Glen Grant nie znalazłem niczego.

Wracałem z Kaletniczej zamyślony. Dlatego też nie od razu zdałem sobie sprawę, że roześmiana, ciasno objęta para, która, mijając mnie, wykonała do mnie jakiś gest, to Małgosia i Gruby.

Przed moim domem stała diabelska Pawlak.

– Panie doktorze – powiedziała proszącym tonem.

– Słucham panią? – odpowiedziałem oficjalnie, nie wiedząc, czy nie będzie sobie kpiła.

– Panie doktorze... niech mi pan pozwoli do siebie przyjść...

Spojrzałem na nią podejrzliwie, ale nie było w tym żadnej kpiny. Diabelska Pawlak straciła cały rezon, ulotniła się gdzieś cała jej bezczelność... Stała przede mną trochę zagubiona dziewczynka i patrzyła na mnie psim wzrokiem. Nagle zdałem sobie sprawę, jak bardzo jest pociągająca.

– Nie dzisiaj – powiedziałem, całkowicie rozbrojony.

– A kiedy?

– Nie wiem. Może za parę dni.

– Obiecuje pan?

– Obiecuję – powiedziałem, a samiec we mnie napuszył się i rozłożył pawi ogon.

Ślady

Pawłowski zadzwonił wcześnie rano.

– Czy pan wie, do jakiego stomatologa chodziła Bibianna ...cka? – spytał oficjalnym tonem.

– Nie, nie wiem. Może do przychodni studenc-
kiej? – odpowiedziałem, zanim dotarł do mnie pełen
sens tego pytania.

– Sprawdzaliśmy. Nie zapisała się nawet – powiedział smętnie. – A nie zostawiła u pana przypadkiem grzebienia? – spytał z nadzieją w głosie.

– Nie, nie zostawiła – odpowiedziałem i odłożyłem słuchawkę.

Zadzwoniłem na uczelnię i odwołałem swoje zajęcia. Wałęsałem się po ulicach bez celu i starałem
się nie myśleć o pytaniach Pawłowskiego. Koło południa na moją komórkę zadzwoniła Zuzu.

– Gliny tu były – powiedziała. – Pytali o dentystę
Biby. Nic nie wiedziałam. Szukali też jej włosów, ale
wszystko już dawno posprzątałam. O co chodzi,
Karol?

– Znaleźli ciało, Zuzu – powiedziałem. – Próbują
je zidentyfikować.

Po drugiej stronie zapadła cisza.

– Ciało Biby? – spytała wreszcie cicho.

– Tego nie wiadomo – odpowiedziałem. – Myślą,
że może tak, i szukają potwierdzenia. – Znowu
cisza.

– Ale... to może nie ona? – zapytała.

– Może nie ona – odpowiedziałem.

– Czy... wezwą nas, żeby nam... pokazać? – spytała słabym głosem.

– Nie sądzę – odpowiedziałem.

– Dlaczego?

– Bo się chyba... nie nadaje.

Z drugiej strony usłyszałem stłumiony jęk. Odczekałem chwilę.

– Zuzu, w pokoju Bibiany na półce była taka książka. *Pamiętnik szlachcianki*. Kojarzysz?

– Co? Jaka książka? Ach, tak... Już ją oddałam. Musiałam zapłacić karę.

– Zuzu, kiedy ona ją wypożyczyła?

– W lutym, rok temu.

Odłożyłem słuchawkę. Więc wypożyczyła tę książkę, zanim się poznaliśmy... Pomyślałem o szczotce do włosów Bibiany, która spoczywała na dnie szuflady mojego biurka. Był w niej kłębuszek jej rudych włosów. Ale nie zamierzałem o tym nikomu mówić. Oddałem już glinom kalendarzyk, widokówkę, notes z wykładami. Ta szczotka była jedyną pamiątką po niej i nie zamierzałem ani jej, ani jej zawartości nikomu oddawać. Ani też nikomu niczego ułatwiać. Chociaż... Jedno mogłem chyba zrobić. Zadzwoniłem do Pawłowskiego i powiedziałem mu, żeby zainteresował obyczajówkę Europolu niejakim Königiem, posiadaczem pałacu w Kobiercu pod Jelenią Górą. Zaczął o coś pytać, ale odłożyłem słuchawkę.

Wuj Antoni

Następnego dnia zadzwonił do mnie wuj Antoni. Ucieszyłem się bardzo, słysząc jego głos, a jeszcze bardziej, gdy powiedział, że jest w mieście i że chętnie by się ze mną zobaczył. Spytał, czy możemy zjeść razem obiad i czy mamy w mieście coś greckiego, bo kiedyś prowadził interesy w Atenach i od tego czasu ma słabość do tamtejszej kuchni. Jedyną znaną mi grecką knajpą w mieście była „Nauzykaa", więc zaproponowałem spotkanie właśnie tam.

Wuj Antoni był marnotrawnym synem dziadków Dębickich, tak dalece marnotrawnym i tak dalece przez nich wyklętym, że o jego istnieniu dowiedziałem się dopiero w dniu pogrzebu mojej matki, kiedy stałem na cmentarzu zmartwiały i zagubiony obok Pułkownika i babci Dębickiej, ściskałem dłonie obcych mi mężczyzn i przyjmowałem pocałunki nieznajomych kobiet, mamrocząc coś w odpowiedzi na ich kondolencje.

– Wreszcie mam okazję zobaczyć cię z bliska – zaskoczył mnie wtedy dźwięczny głos i barczysty, elegancki mężczyzna chwycił mnie za ramiona. Patrzył mi w oczy oczami mojej matki.

– Jestem Karol – wybąkałem.

– Antoni Bolesław Dębicki, twój wuj. Porozmawiamy jutro – zapowiedział, ścisnął mnie za ramiona, po czym puścił, odwrócił się na pięcie, ignorując

Pułkownika i babcię, i odszedł, nie składając nikomu kondolencji. Indagowany Pułkownik niechętnie potwierdził, że mama miała brata, babcia Dębicka udała, że nie słyszy pytania.

Następnego dnia wuj przyszedł do nas koło południa i od progu powiedział, że zabiera mnie na obiad. Nikt w domu nie zaprotestował. Wszystko to było bardzo dziwne.

Na ulicy czekał czarny mercedes z kierowcą, który zawiózł nas do najlepszej w mieście restauracji. Wuj Antoni milczał, odezwał się dopiero, gdy zasiedliśmy przy stoliku i kelner przyjął zamówienie.

– Jesteś już właściwie mężczyzną – powiedział wuj. – Czas, żebyś poznał dzieje całej rodziny.

I opowiedział mi, jak będąc nieco tylko starszy ode mnie, uciekł z domu, jak został marynarzem i przy pierwszej nadarzającej się okazji zszedł ze statku na Zachodzie.

– Rodzice mnie wyklęli – powiedział. – Pisywałem do nich później, ale nie odpowiedzieli na żaden list. Na pogrzeb ojca nie mogłem przyjechać. Ale twoja matka, kiedy byliście na placówce w Brukseli, często spotykała się ze mną. W tajemnicy przed twoim ojcem, żeby mu nie zaszkodzić.

Były to czasy przed naszym z matką powrotem do kraju, kiedy między swoim życiem a życiem ojca matka zbudowała już nieprzekraczalny mur.

– Zawsze opowiadała mi o tobie i zawsze chciałem cię poznać, ale nie było okazji – uśmiechnął się trochę gorzko. – Widziałem cię kilka razy z daleka.

– A czym wuj się zajmuje? – spytałem, zebrawszy się na odwagę.

– Mieszkam dalej w Brukseli, robię różne interesy... import, eksport, nic ciekawego – powiedział – ale żyję dość dostatnio. – I wcisnął mi do ręki zwitek banknotów o dużych nominałach.

Od tego czasu wuj pojawiał się w moim życiu jeszcze kilka razy. Był na pogrzebie babci, przyjechał na moją maturę, moje absolutorium i na obronę mojej pracy doktorskiej. Przy wszystkich tych okazjach był manifestacyjnie ignorowany przez Pułkownika, do którego odnosił się obojętnie, ale bez ostentacji. Po mojej obronie przedstawiłem wuja Bandurze, z którym, ku mojemu ogromnemu zdziwieniu, rozmawiał aż do późnej nocy.

– Bardzo ciekawy człowiek, ten pański wuj. Bardzo – powiedział później Profesor.

A ja myślałem, że są z dwóch różnych bajek.

„Nauzykaa"

Kiedy wszedłem do restauracji, odruchowo spojrzałem w kierunku stolika, przy którym swego czasu siedział mężczyzna z psem, ale nagle zdałem sobie sprawę, że tego mężczyzny już nie ma. Pomyślałem o rottweilerze. Psy zawsze źle wychodzą na miłości do ludzi.

Wuja jeszcze nie było. Rozejrzałem się wokół. Prawie wszyscy obecni wyglądali, jakby byli bliskimi znajomymi Bławata. Nie było tam żadnych dresiarzy, broń Boże. Klientela była elegancka i zadbana, ale mężczyźni mieli jakąś taką twardość w spojrzeniu, atrakcyjność towarzyszących im kobiet przekraczała zdecydowanie średnią krajową, a ich wiek był dwucyfrowo niższy od wieku ich partnerów. Żadne z nich jednak nie sprawiało wrażenia, że może znać pochodzenie nazwy knajpy.

Zawartość menu wyjaśniła pewną tajemnicę. Owszem, było tam parę greckich dań, które legitymizowały wystrój lokalu, ale zdecydowana ich większość mieściła się w standardzie, do którego obecni przywykli od dzieciństwa.

Wszedł wuj Antoni. Od czasu kiedy widziałem go po raz ostatni, nieznacznie tylko posiwiał. Mimo swoich blisko sześćdziesięciu lat, krok miał sprężysty, a sylwetkę młodzieńczą. Wyglądał jak panisko – w stylu, w jakim ubierał się Gustaw. Jeszcze jeden, którego już nie było.

Uściskaliśmy się.

– Wuju, włóczy się za mną kostucha. Wszyscy dookoła umierają – powiedziałem.

Usiadł.

– Opowiedz mi o tym – powiedział. – Tylko daj mi najpierw coś zamówić.

– Będziesz rozczarowany, wuju. To nie jest chyba tak naprawdę grecka knajpa – ostrzegłem.

– Sprawdzimy ją – odpowiedział pogodnie, założył okulary i zabrał się do studiowania karty. Po czym przywołał kelnera, kazał podać butelkę Metaxy („tylko nie trzygwiazdkową!") i zamówił dla nas coś po grecku – na przystawkę oraz jako danie główne. Wreszcie rozsiadł się wygodnie.

– A teraz opowiadaj. Tylko nie pomijaj szczegółów – powiedział.

Więc mu opowiedziałem. Wszystko. O *Madonnie z konwalią*, o Bibianie, Gustawie, Bławacie, Pawłowskim... Wuj zadawał pytania, świadczące o wielkim zainteresowaniu moją opowieścią. Sprawiał wrażenie, jakby spokojnie układał sobie to wszystko w głowie. Przy okazji wyszło na jaw, że o *Madonnie* wie całkiem sporo. I o jej autorze. Przypomniałem sobie, jak rozmawiał z Bandurą... Może jednak nie był tak całkiem z innej bajki?

Tymczasem zjawiło się jedzenie, nie było chyba tak złe, jak się obawiałem, bo wuj zjadł wszystko ze smakiem, a i ja nie musiałem się specjalnie do niczego zmuszać. Siedzieliśmy potem, popijając znakomitą siedmiogwiazdkową Metaxę, którą kelner uparł się każdorazowo nalewać nam osobiście. Biegał wokół nas z wielkim przejęciem; odniosłem wrażenie, że ambicją tego lokalu rzeczywiście było serwowanie greckiej kuchni smakoszom, a do ustępstw na rzecz stałej klienteli zmusiło ich samo życie.

Wuj wypytywał dalej, ale zawsze taktownie. Kiedy skończyłem, zamyślił się. A potem powiedział:

– To jest twoja powieść, Karolu. Możesz ją teraz odstawić na półkę. Ale możesz też przeczytać ją do końca. Bo został ci co najmniej jeszcze jeden rozdział.

Rozmowa z nim dobrze mi zrobiła. Czułem jego empatię, wiedziałem też, że jest dyskretny. I że zawsze mogę liczyć na jego uwagę i jego pomoc.

Wuj podjął inny temat. Okazało się, że jest z wizytą w Polsce, bo odchodzi na wczesną emeryturę i właśnie kupił sobie na Kaszubach posiadłość.

– Latem się tam wprowadzam – powiedział.

Kiedy wyszliśmy przed knajpę, zdarzyło się coś dziwnego. Wydało mi się, że wuj wykonał jakiś nieznaczny gest w stronę faceta, który siedział na ławce nieopodal z gazetą w rękach. A po chwili przyjechało po wuja wiśniowe bmw, mimo że przecież do nikogo przedtem nie dzwonił.

Sztambuch

Pojechałem do biblioteki Przeździeckich. Ze wstępu do *Pamiętnika szlachcianki* wiedziałem, że tam właśnie znajduje się jego oryginał. W Zbiorach Specjalnych poinformowano mnie, że stanowi on część tak zwanych papierów podworskich, uratowanych swego czasu z pożaru praszowickiego pałacu. Poprosiłem o inwentarz zespołu. To było zupełnie niewiarygodne: na miejscu siedemnastym figurował ni mniej, ni więcej, tylko „sztambuch Antoniny Baranieckiej"! Poprosiłem o niego. Poczułem się dziwnie, biorąc do ręki powiernik sekretów dawno zmarłej panienki z dworu. Odnalazłem rok 1831, a pod nim ów wpis, dokonany przez kapitana artylerii Antoniego Napoleona Baranieckiego na kilka dni przed bitwą, w której kula z rosyjskiego działa przerwała nić jego życia.

Córciu moja kochana. Pamiętasz opowiastkę o owej Myszy, która zdechła z głodu, mimo że zebrała na zimę cały woreczek ziarna? Jakbyś Ty, kochanie moje, kiedykolwiek głodu zaznała, pamiętaj o tym ziarnie. Znajdziesz je u jedynej drogiej mi teraz w Praszowicach Osoby. Niech i Ciebie strzeże nasza praszowicka Madonna.

Kiedy oddawałem sztambuch, pani ze Zbiorów Specjalnych poprosiła mnie o wpisanie się do karty

kontrolnej. Były już na niej dwa wpisy: „F. Bandura", sprzed dwóch lat i „B. ...cka." z zeszłoroczną
datą „27 luty". To m ó g ł być, oczywiście, zbieg
okoliczności. Nazwisko było wszak pospolite. Ale
ja już chyba przestałem wierzyć w zbiegi okoliczności.

Ziarno

Pojechałem po harleya i wyruszyłem do Praszowic. Obszedłem zarośnięte fundamenty pałacu, po-
spacerowałem po zaniedbanym parku i odnalazłem
ledwo już widoczną kupę kamieni. Biedna Mysz.

Nowy proboszcz zmienił kod wyłączający alar-
my i zatrzymał go dla siebie, musiałem więc po-
prosić go o otwarcie zarówno drzwi kościoła, jak
i kraty kaplicy Kościejów. Pokazując mu notat-
nik, poprosiłem o dwadzieścia minut sam na sam
z obrazem.

Stanąłem przed płótnem. Mimo że podczas kradzieży wycięto obraz z ram, konserwatorzy zrobili
swoje i wyglądał teraz dokładnie jak kiedyś. Trudno
było uwierzyć, że *Madonna* była niedawno bohaterką takiego zamieszania. Spokojnie patrzyła
w przestrzeń, gdzie – jeśli przyjąć hipotezę Bandury – tylko ona widziała zwiastującego anioła. Czy
było to wyrazem niemożności artystycznego od-

wzorowania tego, co nadprzyrodzone, czy też nie-
dowiarstwa ze strony artysty? Sugestią chorobliwej
egzaltacji Marii?

Usłyszałem, że proboszcz wychodzi z kościoła,
mogłem więc przystąpić do dzieła. Podniosłem
drzwi do krypty grobowej. Ślady plądrowania sarkofagu baronówny Teofili Behr skrzętnie usunięto.
Wszystko wyglądało jak dawniej.

Zsunąłem wieko trumny Ossolińskiego. Nacisną-
łem palcem aksamitną poduszkę koloru starego złota i otrzymałem potwierdzenie swoich przypusz-
czeń: były w niej jakieś twarde grudki.

– Przepraszam cię, generale – szepnąłem i delikatnie wyciągnąłem poduszkę spod głowy trupa.
Mimo że podtrzymywałem czaszkę dłonią, oddzie-
liła się ona od tułowia, wysunęła mi się z ręki
i spadła ze stukiem na dno trumny. Pozwoliłem jej
tam spocząć. Dla Antoniego Napoleona Baranieckiego był może generał jedyną drogą mu Osobą, ale
dla mnie był tylko surowym, choć melancholijnym
starcem, którego mimowolny sekret spowodował
w moim życiu już dość komplikacji.

Poduszka była ciężka. Zetlałe szwy łatwo ustąpi-
ły pod palcami, ale złotawy aksamit okazał się tylko
poszewką – w środku znajdowała się druga poduszka-
ka, z dobrze zachowanej i wciąż miękkiej skóry.
Sięgnąłem po mojego victorinoxa i przeciąłem kilka
szwów. Akurat na tyle, by móc wysypać na dłoń

kilkanaście z ziarenek zgromadzonych przez zapobiegliwą Mysz...

Wydłubane przez kirasjerów Sourisa ze srebrnych koszulek ikon w dalekich cerkwiach, rękojeści bojarskich szabel, klamer ozdobnych pasów, ślubnych ozdób panien młodych, skrzyły się na mojej dłoni czerwienią, zielenią, ciemnym błękitem, żółcią jak przed dwustu laty. Wsypałem je z powrotem do skórzanej poduszki, ale po krótkim namyśle wysypałem na dłoń garstkę kamyków jeszcze raz, wybrałem dwa duże rubiny i schowałem do kieszeni. Poduszkę włożyłem do trumny tak, by spruty szew znalazł się pod epoletem generała, i ułożyłem jego czaszkę tam, gdzie była. Ostrożnie nasunąłem na trumnę jej wieko.

Za długie pożegnanie

Tym razem Pawłowski zadzwonił po południu.

– Panie, pan to ma znajomości – powiedział na wstępie. – Dzwonili do mnie federalni. Z samej góry. Upewniali się, czy panu nie robimy jakiejś krzywdy.

– O czym pan mówi? O Komendzie Głównej?

– Nie, o Agencji – wyjaśnił.

Ciekawostka, pomyślałem. Czyżby macki generała Dudy sięgały i tam?

– Wie pan, w naszej sprawie chyba mamy już jasność – powiedział nagle Pawłowski z nieukrywaną satysfakcją.

– To znaczy w jakiej sprawie? – spytałem obojętnie.

– No, tej... Bibianny. – Nigdy nie przyjął do wiadomości, że miała na imię Bibiana, a nie Bibianna. Ale czy miała? – I *Madonny z konwalią*. I Gustawa ...wicza. I w ogóle. Bardzo nam pan pomógł. Niech pan do mnie wpadnie, to pan się wszystkiego dowie – ciągnął.

„I w ogóle". No, tak. Ten średnio przebiegły Holmes, ten mało lotny Poirot, ten zupełnie nie diaboliczny Porfiry miał już jasność. I w najlepszym stylu kryminalnych opowieści gotów był wszystko na końcu książki przedstawić. Zrekonstruować przebieg wydarzeń, wykazać własną bystrość i naiwność czytelnika. Ale t e n czytelnik nie chciał się niczego dowiedzieć.

– Ale ta pana jasność nie jest stuprocentowa? – spytałem. – Jest jakiś margines niejasności, prawda?

– No, owszem... – przyznał. – Ale mamy, powiedzmy, dziewięćdziesiąt procent pewności co do tego, co się właściwie zdarzyło. To dość niezwykła historia.

– Gratuluję – powiedziałem sucho. – I dziękuję, że chce mnie pan oświecić. Ale mnie to chyba nie interesuje.

W słuchawce zapadła dłuższa, pełna niedowierzania cisza.

– Jak pan chce – powiedział w końcu. Nie wyłączył się od razu, jakby miał nadzieję, że się rozmyślę.

Nie rozmyśliłem się. Nie życzyłem sobie znać c a ł e j prawdy. I tak wiedziałem za dużo, o wiele za dużo. Postanowiłem, że nie będę składał tej mozaiki, chociaż większość pasujących do siebie fragmentów leżało przede mną tak blisko siebie, że łatwo było domyślić się obrazka. Postanowiłem, że nie odwrócę tych kilku fragmentów, które leżały rysunkiem w dół. Niech wyrośnie między nimi trawa. Niech stopniowo zarośnie całą tę cholerną kiczowatą mozaikę... W końcu ta kobieta tak naprawdę nie istniała. Pożegnanie z nią było długie, o wiele za długie, ale wreszcie dobiegło końca.

Odłożyłem słuchawkę i uśmiechnąłem się do Pawlak. Znów była wiosna. „Z żywymi naprzód iść”. I jeszcze: *amare necesse est*. Miała rację ta Pawlak. Była mądra, odwieczną mądrością wszystkich kobiet. Leżała uniesiona na łokciu, z głową opartą na ręku. Przy jej ciemnych, długich włosach było jej bardzo ładnie w tych rubinowych kolczykach. Jubiler, który je zrobił, nie wytrzymał i powiedział mi, ile te kamienie są warte, mimo że wcale go o to nie prosiłem. Pawlak myślała zapewne, że to takie czeskie ozdóbki, i to było w porządku. Kiedyś może jej o tych kamyczkach opowiem. A może nigdy.

Spis rzeczy

REDAKCJA
Alek Radomski
KOREKTA
Maria Fuksiewicz, Anna Hegman
REDAKCJA TECHNICZNA
Urszula Ziętek

PROJEKT OKŁADKI I STRON TYTUŁOWYCH
Marek Goebel – Towarzystwo Projektowe

Na I stronie okładki wykorzystano obraz
Władysława Ślewińskiego *Czesząca się*
(ze zbiorów Muzeum Narodowego w Krakowie)
FOTOGRAFIA AUTORA z archiwum prywatnego

Wydawnictwo W.A.B.
02-502 Warszawa, ul. Łowicka 31
tel./fax (022) 646 01 74, 646 01 75, 646 05 10, 646 05 11
wab@wab.com.pl
www.wab.com.pl

SKŁAD I ŁAMANIE
Komputerowe Usługi Poligraficzne
Piaseczno, Żółkiewskiego 7
DRUK I OPRAWA
Drukarnia Wydawnicza im. W.L. Anczyca S.A., Kraków

ISBN 83-7414-186-7